LA SOCIÉTÉ

AU

DIX-NEUVIÈME SIÈCLE.

IMPRIMERIE DE L.-É. HERHAN
rue du Colombier, N°. 21.

La Société
AU
DIX-NEUVIÈME SIECLE,
OU
SOUVENIRS ÉPISTOLAIRES.

PAR Mlle DE COLIGNY,
AUTEUR DE PLUSIEURS OUVRAGES.

Tome Second.

PARIS.
CHEZ LES MARCHANDS DE NOUVEAUTÉS.
1825.

La Société

AU

DIX-NEUVIÈME SIÈCLE

OU

Souvenirs Épistolaires.

QUINZIÈME LETTRE.

LE DÎNER MINISTÉRIEL.

Le gros baron de Lessac qui l'a emporté aux dernières élections, n'était pas précisément le candidat ministériel, et l'on présume avec raison qu'il ne fut pas parvenu au poste législatif, si la célébrité de ses opposans n'eut paru beaucoup trop dangereuse. Ainsi, protégé par son peu d'importance, le baron pour la première fois est sorti de son département, bien convaincu que son mérite est l'unique cause de sa dignité *représentative*.

Lorsqu'il me rendit visite, il se gendarmait contre les abus du pouvoir de nos grands hommes d'État, et contre la quiétude des chambres, ajoutant d'un air capable :

— Le ministère n'est pas aussi fort qu'il le croit; certes je ne suis pas son homme, et j'espère lui donner du fil à ret rdre.

— Je n'en doute pas, monsieur le baron, mais ajoutai-je, en souriant, prenez garde ; celui qui peut à son gré attaquer toutes les faiblesses du cœur humain, a bien des moyens de séduction.

— Ah ! madame, répartit le baron avec humeur, la pureté de mes opinions est assez connue pour éloigner de moi le soupçon ; d'ailleurs je suis riche, je ne désire aucune place, pas même celle de préfet, malgré qu'elle soit agréable. Que le ministère essaye de m'accaparer, et je le défie de trouver en moi un côté vulnérable.

Je baissai la tête en signe d'adhésion, et notre conversation finit là.

Deux jours s'étaient à peine écoulés depuis la violente sortie du baron contre leurs excellences, qu'il reçut une invitation à dîner chez le président du conseil, je le vis arriver tout joyeux.

— Eh! bien, me dit-il en se frottant les mains, me voilà du fameux dîner diplomatique; j'irai, mais je serai invariable.

— J'en doute, ajoutai-je tout bas, » le baron poursuivit : ainsi, comme son excellence me croyait accompagné de madame la baronne, j'ai une double invitation, voulez-vous en profiter, vous passerai pour ma nièce, et vous m'aiderai à reconnaître un peu mon monde, à supposer que je sois placé près de vous.

— J'accepte avec plaisir, lui répondis-je, car en me faisant assister à cette réunion gastro-politique, vous offrez une bonne fortune à mon esprit d'observation.

Le jour mémorable, il n'était pas trois heures, que le cher député muni d'un remise et du laquais de louage, était chez moi.

— Comment belle dame, s'écria-t-il en entrant, vous avez donc oublié notre grand dîner, encore en négligé, je suis plus exact, regardez par la croisée le superbe carosse que je me suis procuré....

hem! qu'en dites-vous? Laissez-là votre préfet, c'est une satyre affreuse que ce roman. Pour Dieu, dépêchez-vous, nous arriverons trop tard, trois heures sont sonnées, et vous n'êtes pas coiffée....

— Y pensez-vous, M. le baron, nous ne sommes pas à.... et chez un ministre où on ne se met à table qu'à six heures.

— Effectivement, c'est écrit sur ma lettre.... Que vais-je faire de mon carosse?

— Rassurez-vous, un quart-d'heure me suffira pour achever ma toilette, ensuite nous irons à Boulogne gagner un peu d'apétit, et nous descendrons, chez son excellence, en état de faire honneur au dîner.

— Idée miraculeuse, je suis à vos ordres.

Je fus, chère Hedwige, exacte à ma promesse, et bientôt je faisais admirer au baron l'élégance et la richesse de la rue de Rivoli.

— C'est là, lui dis-je, l'hôtel ministériel, c'est-là que coule le pactole.....

Nous franchissons rapidement les Champs-Elysées, parce qu'il est dit que le *député* ne doit point y *séjourner*.....

Pendant notre course, mon compagnon a grand soin de présenter souvent son auguste visage à la portière et de saluer plusieurs minutes d'avance les personnes dont il reconnaît les équipages; cela ne vous surprendra pas, mon amie, si vous réfléchissez que lorsqu'on fait la dépense d'un remise, on aime à se laisser voir par beaucoup de monde, cela donne tant d'importance.

Enfin, nous descendons à l'hôtel du souverain dispensateur de graces, et nos regards se fixent avec complaisance sur les colonades de marbre du superbe escalier. Un premier valet d'antichambre nous indique par un geste plein de dignité l'huissier introducteur ; celui-ci réclame notre lettre, et nous ayant fait subir le contrôle de sa liste, il ouvre les portes des salons, puis d'une voix admirablement sonore, annonce M. et madame la baronne de Lessac ; à ce cri caressant, mon chevalier se rengorge, et la tête haute, cherche des yeux le dieu du sanctuaire ; il croit l'apercevoir dans chaque habit brodé, tous d'après cette persuasion, reçoivent le très-profond salut.

Moi, cher Hedwige, que les révérances ennuient ; je prends mon prt : et vais m'asseoir au bout du cercle des dames.

Comme le ministre était absent,

le baron se mêla dans les groupes déjà formés, où l'on parlait de la loi nouvelle; chacun promettait sa voix, c'est tout simple; on ne peut rien refuser à celui qui nous admet à sa table; ce serait violer les obligations dues à une noble hospitalité.....

Aussitôt l'arrivée de son excellence, le baron fait mille efforts pour tenter la sublime révérence; il n'est pas même aperçu ; plein de dépit, il m'aborde et me dit à l'oreille : — Il n'aura pas ma voix....

Dans ce moment je causais avec une jeune femme fort aimable dont les observations caustiques m'aidaient à connaître notre entourage.

— Ne trouvez-vous pas, disait-elle, que rien n'est aussi complètement insipide qu'un cercle diplomatique ; on y respire un je ne sais quoi, plus terrible encore que l'ennui. A mon avis, sans un peu de maligne gaieté, il faudrait y périr ; aussi pour peu que vous le désiriez, nous passerons la revue de ces originaux ; après dîner vous les trouverez encore plus ridicules.

J'assurai la charmante espiègle que la finesse de ses remarques me ferait prendre un plaisir infini à ce passe-temps.

Lorsque l'on eût commencé le service, mon gros baron me chercha pour m'offrir la main, mais un gentilhomme de la chambre l'avait devancé, et j'étais déjà au grand couvert.

Il me serait difficile, chère Hedwige, de vous donner une idée de la magnificence du surtout; mes yeux en étaient éblouis, et je me serais crue admise à un banquet royal, si je ne me fusse rappelée qu'en France plus d'un ministre s'est entouré de ce luxe fastueux qui semble vouloir effacer la distance énorme qui existe entre le Souverain et le sujet.

Quant à mon député, il était en extase, doué cependant de certaines dispositions gastronomiques, il ne tarda pas à laisser le rôle d'admirateur pour celui d'acteur ; son appétit était extrême ; le bois de Boulogne l'avait affamé, et je vous assure, mon amie, qu'à ma grande surprise, il ne fut pas trop gauche. Il fit comme les autres, s. iguant d'une manière admirable les verres qu'on lui présentait, ou les mets qu'on lui servait.

Ce que je me rappèle très-bien, c'est que les convives composaient leur visage sur celui de son excellence, et que le baron travaillé du même esprit d'imitation, fit un bruyant éclat de rire, persuadé que le ministre avait bien voulu se donner la peine de sourire. On parla des enfans trouvés et des haras, des chemins viscinaux et des ponts suspendus, chacun crut faire de l'esprit, un *seul* joua bien son rôle, les autres n'obéirent qu'à l'impulsion donnée par la puissance.

Mais le repas s'achève, nous voilà au salon du café; les dames trop timides laissant les liqueurs et l'esprit à ces messieurs, se réfugient dans la salle de réception : alors ma jolie voisine commence son panorama vivant en ces termes :

Ce personnage qui s'avance de notre côté n'est rien du tout, seulement, il boîte comme un diplomate sert dans les lettres à la poste, est de l'académie et de la société des bonnes-lettres ; il a fait une comédie et croit avoir du génie, mais il le croit tout seul. Du reste, il est rusé, méchant, sournois, cafard, et plein de dévoûment pour la cause royale depuis... 1814. Chût, taisons-nous, car il m'aborde pour me donner un billet de la chambre... Il est encore de là.

Celui-ci est un homme desséché dans les antichambres de l'empire ; il est attaqué de la *décoronomie* et dernièrement il avouait avec une adorable ingénuité, qu'il avait droit à tous les ordres... on assure même qu'il en achète à *tout prix*.

Pour ce petit officier, il fera son chemin. Si l'on en croit la renommée, il s'est couvert de gloire dans un combat de plumes d'*oies*.

Jetez les yeux de ce côté et vous verrez un militaire qui pour n'avoir servi que depuis la paix n'en est pas moins parvenu à tous les grades. Je sais de bonne part qu'autrefois il s'était fait réformer comme incapable de servir dans les gardes d'honneur.

Celui qui passe près de nous est un des appuis ministériels; vous n'en douterez pas lorsque je vous aurai dit qu'il est affligé d'une direction au ministère de ***. Comme on désirait beaucoup le voir figurer à l'honorable centre de la chambre, on n'a point épargné les promesses, etc., etc., pour le faire nommer dans un département de l'occident; il a l'esprit souple et possède au mieux l'art subtil de la palinodie. Cela me rappelle une petite anecdote qui lui est relative et que je me crois obligée de mettre en circulation.

Une personne qui l'avait reçu plusieurs fois à **, lors des élections, se trouvant appelée à Paris pour une réclamation et s'imaginant qu'un espace de 90 lieues ne changeait pas les hommes, se rendit chez lui; mais le concierge sait trop qu'il compromettrait la dignité de son maître s'il le déclarait visible, il engage la provinciale à demander un rendez-vous; elle se rerie contre une pareille proposition, la promptitude de son départ ne lui permettant pas de renouveler sa visite. Pendant ces pour parler, *la demi* puissance est instruite de l'opiniâtreté que l'on met à la voir, et voulant éviter les caquets indiscrets d'une dame dont l'opinion se propagerait peut-être dans la *bonne* ville qui lui a ménagé le droit de s'assoir chaque jour sur les fortunées banquettes du corps législatif, il donne l'ordre de la rappeler et s'excuse tant bien que mal.

Instruit du motif qui fesait désirer lui parler, il proteste « qu'il est » au désespoir, car une ordonnance » arrête sa volonté et annulle les

» droits de madame » ; néanmoins elle insiste : pour la mieux convaincre il lui montre le redoutable imprimé, ayant soin de ne lire que ce qui appuie son assertion ; mais les femmes ont le coup d'œil rapide et la suppliante a vu plus bas un article qui est tout à son avantage ; elle le fait remarquer à l'administrateur qui sur-le-champ, sans se déconcerter, lui répond d'un air gracieux : « C'est justement, ma-
» dame, ce que je vous disais depuis
» une heure, vous ne répondiez pas
» à ma question. Maintenant nous
» sommes d'accord, rien de mieux, je
» ferai faire droit à votre demande. »

La dame se retire très-satisfaite d'avoir forcé l'homme aux transitions à lui être utile malgré lui.

Le hazard nous sert on ne peut mieux en amenant ici ce grand et superbe homme ; il était nécessaire de tracer son historique immédiatement après celui qui l'a précédé, car ils ont eu ensemble des liaisons d'intrigue. Je ne dirai rien de sa tournure aisée, de ses belles manières, il suffit de le regarder pour découvrir ses avantages extérieurs auxquels se joignent encore un esprit cultivé, une conversation piquante et le don si heureux de déclamer avec grâce.

Admirateur de ces beautés qu'on achète, il fit autrefois la désagréable épreuve de la facilité avec laquelle on peut se ruiner ; devenu sage au prix de toute sa fortune, la nécessité l'amena aux pieds de celui qui gouvernait, pour implorer une place d'auditeur, peu après une sous-préfecture étant devenu vacante, le nouvel adepte part, vole jusqu'aux frontières de la Russie solliciter cette nomination ; en homme courtois, Bonaparte lui dit : « Vous venez de trop loin pour vous « la refuser. » Le voilà donc sous-préfet ; cependant les cartes se brouillent en Europe, la France est envahie, l'homme aux grandes courses lache une superbe proclamation en faveur de son présent maître ; mais voyant que celui-ci perd la partie, habile d'ailleurs dans la science du pour et du contre, il fait éclore de son cerveau une seconde proclamation où brille le plus pur dévouement pour la cause royale; bien mieux, fort de sa conscience et de l'*invariable* de ses principes, on le voit à l'instant du débarquement figurer parmi les sujets fidèles que l'enthousiasme et l'amour précipitent au devant de l'illustre Monarque, ce qui lui fait changer sa place secondaire contre une préfecture; enfin, pour terminer sa noble carrière, il veut être député; le ministère ne s'en soucie pas; un autre eut échoué, mais lui ne se tient point pour battu, il s'arrange avec le candidat porté par le gouvernement, qui n'est autre que celui de qui je vous ai déjà entretenu; ils sont bientôt d'accord. Le préfet parvient, malgré les efforts des royalistes, à faire nommer son associé, tandis qu'aidé de ce dernier, il se fait lui-même élire par les royalistes d'un autre département. Le tour est joli, et je ne m'étonne pas qu'il tire une certaine gloire de l'heureuse finesse qui lui a permis de vaincre deux partis.

Mais un personnage de toute autre importance doit captiver notre attention. Remarquez-vous cet homme dont la figure, le ton et les manières attestent à tous les yeux que c'est par une erreur de la fortune qu'il est appelé à jouer, grâce à son porte-feuille, un des premiers rôles de notre époque *politico-financière*.

Par une illustration récente, cet agioteur se trouve placé sur la ligne des titres, et, comme l'a dit un grand seigneur de qui chaque mot est un trait brillant, il existe beaucoup d'analogie entre les Montmorency et lui; car si les uns se glorifient d'être les premiers barons chrétiens, il a, lui, l'honneur d'être le premier baron juif.

A peine pourrez-vous vous faire une idée de sa sotte arrogance. Possesseur de je ne sais combien de millions de rentes, il se croit l'égal des Souverains avec lesquels il a fait quelques traités d'intérêt. Par exemple, sa folie ira jusqu'à penser qu'à un congrès, un illustre empereur s'asseoira sans scrupule à sa table, où bien au sujet d'une négociation numérique, il répondra à une tête couronnée, *que la maison d'Autriche peut compter sur la maison R****, et si un prince du Nord daigne aller chez lui, il s'écriera, tout cramoisi d'orgueil et avec le sourire stupide de la bassesse qu'une élévation non méritée étonne et fait divaguer; il s'écriera, dis-je, *Ah! vous voilà Paul....* Mais le Prince, regardant avec pitié le pauvre hère, lui répondra: — Vous êtes plus heureux que moi; vous pouvez m'appeler par mon nom de baptême.

Pardon si j'interromps ma *chuchoterie* critique, me dit la jolie narratrice, j'entends un colloque assez piquant entre les deux excellences que vous voyez aux prises dans l'embrasure de la croisée; elles discutent.... Chaque gorgée de moka leur sert de point de suspension!! Il s'agit d'une destitution ministérielle opposée aux ordres du Souverain; il n'y a pas de doute qu'elle pèse sur un royaliste. Cela devient intéressant; l'une et l'autre *grandeur* se rejettent le tort; ce qui indique qu'elles ont pris chacune leur part dans l'injustice.... On cite l'auteur d'Ourika comme une protection en faveur du nouvel élu, les bibliothèques particulières du Roi pour but central de l'intrigue, et un homme connu par son dévouement et ses écrits royalistes comme victime de petites menées qui conduisent un peu loin leurs excellences dans le labyrinthe des *faux pas*.

Je vous avoue que cette discussion m'intéresse; je suis ici pour faire ma cour à la suprême puissance, et lui donner des détails sur un acte arbitraire, jusqu'à présent sans exemple, et qu'on cherchera vainement à étouffer. Par contre-coup, j'en ai ressenti les conséquences; car, de cascades en cascades, il est venu frapper l'un de mes proches.

Vous connaissez sans doute, Madame, cet homme, long de *six pieds deux pouces*, qui, à l'aide d'un manuscrit de nos auteurs morauxles plus estimés, se répand dans les salons de la haute société royaliste, et ne dédaigne pas aussi le modeste club libéral pour y faire des lectures amusantes et même instructives.... Sa voix glapissante, ses fausses liaisons en lisant un ouvrage aussi spirituel font tressaillir l'auditoire, tandis que lui, doucement bercé par son amour-propre, s'interrompt à chaque page, et demande le *verre d'eau de rigueur*.... Pendant ces courts intervales, on se dit à l'oreille : Quel est ce monsieur devenu si grand sans savoir lire, et l'on reste pétrifié lorsqu'on apprend qu'il commande en maître dans un de nos riches dépôts littéraires. Du reste, la haute stature de cet original menacerait les plafonds, si sa merveilleuse souplesse ne lui permettait de se glisser en tous lieux, et je vous assure qu'il use de ce moyen; car devant certains grands personnages on le voit toujours à plat-ventre.

Il est bon que vous sachiez que les excellences s'entretiennent maintenant des faits et des gestes de ce lecteur en vogue, réputé savant, ou du moins occupant une place qui semble l'exiger, puisqu'il est dans les bibliothèques particulières du Roi. Ce qui a fait dire à l'un de nos hommes les plus spirituels de la Cour, « que sans doute on avait » jugé convenable de se passer d'un » érudit pour les rayons bibliogra- » phiques, mais non d'une échelle. »

Ce grand homme, ou plutôt *cet homme grand*, a la faiblesse de répudier sa modeste origine. Fils d'un honnête épicier de la rue Saint-Jacques, qui dut sa célébrité non aux parfums de ses muscades, mais à sa longue barbe de sapeur de la garde-nationale du trop fameux Santerre ; il veut changer son nom qui a quelque consonnance avec ses *pasquinades*, pour revêtir celui du *village* de sa nourrice. Avec son nom légitime, il s'empare de l'héritage paternel ; avec celui de convention, il reçoit le tribut des graces royales, et, au moyen de cet assemblage de *vrai* et *de faux*, il devient tour-à-tour un être réel lorsqu'il faut prendre, et un être idéal quand il s'agit de payer de sa personne; rien de si plaisant et surtout de si commode. Sous son manteau postiche, il change, destitue, bouleverse..., puis après, dans sa véritable qualification, vient recueillir les fruits répudiés d'un autre lui-même... ; il publie un livre sous l'anonime ; car il y placé son nom supposé. Cet ouvrage, qui parle de grandes vérités, et n'amène Dieu qu'à la fin du volume, est une compilation indigeste qui retournera de droit à la *boutique héréditaire*.

Avec deux noms, un livre, de l'effronterie, et un bel habit, on va loin; il ne manquait à notre auteur que ce dernier article pour se lancer dans la carrière des grandeurs : il l'obtint facilement d'un patron bienfaisant; mais son âme aussi noire que le don qu'il reçut, voulant mettre en action cette maxime, que « le bien que l'on » fait est le précurseur de l'ingratitude », se fit un jeu de supplanter celui qui avait couvert son hideux squelette. A force d'intrigues, il y est parvenu ; ainsi le voilà au poste d'un savant. Dire que la place est occupée, serait mentir, à moins que d'en toucher tous les mois les appointemens soit la seule obligation imposée... ; mais patience, sous le règne de Charles X, un nom imaginaire et des connaissances factices ne peuvent faire long-temps illusion... D'ailleurs une marche tortueuse aboutit au parquet de M. le procureur-général. Placée là en sentinelle vigilante pour que chacun suive son droit chemin, et y faire rentrer celui qui, dans le sentier des abus et de la duplicité, a fait des *pas de géant.*

L'agréable conteuse allait commencer d'autres portraits, lorsque quelques personnes de sa connaissance vinrent l'interrompre. Ne prenant plus que très-peu de plaisir dans cette cohue législative, j'engageai le baron à se retirer; il n'osa me refuser. Néanmoins je m'aperçus que la proposition était loin de lui plaire, et, pendant le trajet, je pus facilement juger combien ses préventions étaient déclinées. Quelques minutes d'entretien avec son excellence avaient bouleversé ses idées. Il conservait des scrupules ; mais ils étaient si légers.... que je ne doutai pas qu'un ou deux dîners n'achevassent sa conversion.... J'ai deviné juste, et je vous certifie, Hedwige, que c'est bien à présent le plus exact convive de la rue de Rivoli, et, par conséquent, le député le moins récalcitrant que puissent désirer les cinq planètes qui dominent sur la France.

XVIe LETTRE.

Paris, ce

LA JALOUSIE.

Je n'imagine pas, chère Hedwige, qu'il y ait sur la terre quelque chose de plus a redouter que la jalousie, ce vice, cette maladie, cette aliénation, car je ne sais quel nom lui départir neutralise les plus heureux dons de la nature ; ainsi que Melpomène étalant ses fureurs; elle n'existé que d'actions tragiques et marche d'horreurs en horreurs, chez les femmes surtout la jalousie a quelque chose de plus hideux, peut être aussi de plus effréné. A une imagination vive et ardente se joint une âme quelquefois faible, mais dont les mouvemens spontannés sont par cela même plus rapides et plus forts, voilà je présume à qu'elle cause on peut attribuer la tensite de ce sentiment parmi mes semblables.

Assurément, je plains de tout mon cœur la jeune femme qu'un époux discourtois rassasie de ses tendres fureurs; je gémis de l'esclavage conjugal où elle est réduite, je partage ses ennuis, ses craintes, ses dégoûts, mon cœur croit entendre ses douloureux soupirs; mais enfin, comme le ciel nous a donné la finesse de l'esprit et des grâces, que ces accessoires sont très-utiles dans la vie privée, je pense que la jeune victime désarme, endort ou éblouit par fois son féroce Argus, je devine ses innocentes ruses et j'admire le manège ingénieux, employé par la faiblesse pour repousser l'appression, et je ris à part moi.

Il n'en est pas ainsi d'une épouse jalouse, rien ne peut calmer ses soupçons, habile à se créer d'affreuses chimères, un mot, un regard attire la fièvre qui la dévore; d'ailleurs, messieurs les maris, ne s'amusent pas à suivre la même marche que nous en semblables occasion, la douceur leur est étrangère et leur humeur intrétable, se révoltant contre les liens de fer dont on veut les assujétir, portent l'exaspération dans l'esprit de leurs tristes compagnes; dès-lors, les transports, les frénésies marchent grand pas, et l'on dirait que le diable avec son aimable suite, est venu prendre possession du logis.

J'ai le malheur de connaître de ces charmants ménages et dernièrement j'ai eu celui plus grand encore d'assister à la représentation d'une scène domestique.

Je m'étais engagée à passer la journée chez madame de Sertuis, nous avions presque formé le projet de faire un tour au salon, mon arrivée n'interrompit que momentanément une discussion élevée entre les deux époux, on ne se gène plus avec ses amis, d'ailleurs la colère nous fait oublier les égards que nous devons aux autres comme à nous mêmes, afin d'être plus intelligible, je vais suivre leur dialogue.

— Assurément, dit madame de Sertuis, d'un ton d'humeur, vous ne pouvez avoir aucune affaire assez pressante pour vous dispenser de nous accompagner aux tableaux.

— Je suis désolé, madame, de répondre négativement a votre invitation ; mais comme je vous l'ai déjà dit, d'autres engagements me placent dans la nécessité de vous refuser, je regrette que vous ne m'ayez pas averti plutôt, je me serais fait un plaisir d'être votre chevalier.

— Voilà une excuse peu admissible, reprit avec aigreur, la jeune femme, et je ne puis l'accepter.

— Dans ce cas, Madame, repartit, monsieur de Sertuis, j'aurai le chagrin de voir votre injustice sans pouvoir le faire évanouir.

— Mon injustice... dites plutôt mon malheur, d'être unie à un homme qui foule aux pieds les convenances et se fait gloire de donner tête baissée dans les erreurs les plus condamnables.

— Effectivement, Madame, comme un sot, j'ai commis une erreur qui me fait prendre ici bas un avant goût des tourmens de l'enfer, c'est la seule faute dont je me reconnaisse coupable que voulez-vous, je croyais épouser une femme et non une furie.

— Charmant, adorable, en vérité, s'écrie avec rage, madame de Sertuis, voilà les douceurs de ces messieurs, lorsqu'une nouvelle passion les occupe, oubliant toute retenue, ils ne rougissent pas de mêler les injustices à leurs nombreux outrages, je suis lasse de cette existance affreuse, ma patience ne peut plus rien supporter; non, vous ne sortirez pas, ou je saurai le motif de votre absence.

En disant ces mots, elle s'était précipitée vers la porte et l'avait fermée. Sa figure offrait l'image du touble de son âme, ses yeux étaient hagards, une teinte livide avait remplacé les roses, qui quelques instans avant paraient ses joues. J'étais stupéfaite, je n'osais, ni bouger, ni respirer.

M. de Sertuis, révolté du ton absolu que sa femme avait pris, répondit avec une humeur très-marquée : — Et moi, Madame, il ne me convient pas de céder à des ordres si impératifs, et je pense que chez moi personne ose arrêter mes pas.

— J'oserai tout.

— Je le crains; vous m'avez habitué à vous supposer capable des plus grandes folies.

— Oui, puisque j'ai pu choisir un monstre, un barbare, pour arbitre de ma destinée. En disant cela, des pleurs inondaient son joli visage. En proie à la plus violente agitation, elle parcourait la chambre, d'un air égaré s'écriant :

— Il n'est plus possible, Monsieur, que nous restions ensemble. Je ne veux pas, à vingt ans, passer ma vie dans les larmes; vous ne m'aimez plus, je vous déteste : séparons-nous. Vous serez libre de promener votre inconstance sur les objets les plus déshonorans; peu m'importe. Votre honte ne rejaillira pas sur moi, et des sanglots convulsifs étouffaient sa voix.

Cependant M. de Sertuis, ému de l'état où se trouvait sa femme, mais accoutumé sans doute à de pareilles menaces, peut-être aussi humilié de m'avoir pour témoin, flottait entre une tendre pitié et l'orgueil blessé d'un maître que l'on veut dompter par la force.

J'avoue que sa position était délicate ; céder une fois c'était frayer un chemin que l'on ne manquerait pas de parcourir bien d'autres.

Quant à moi, j'aurais voulu me trouver à deux mille lieues de ce triste séjour; je voyais néanmoins qu'un mot, qu'une démarche, eussent suffi pour vaincre l'humeur du mari. Il paraissait désirer attendre un rapprochement ; mais la maudite jalousie qui déchirait le cœur de madame de Sertuis, n'était pas décidée à rester neutre : plus la jeune femme se livrait à ses transports, plus son aliénation devenait complète. De ma vie, je n'ai entendu débiter autant d'extravagances, si bien que l'époux, hors de lui, finit par rendre reproches pour reproches, et, s'éloignant avec emportement, me laissa l'embarrassante fonction de calmer sa femme.

Jamais, non jamais, Hedwige, je ne pourrai vous décrire la scène qui suivit ; ce furent des pleurs, des cris, des imprécations, puis des évanouissemens, des attaques de nerfs. En un mot, il me serait difficile de vous raconter toutes les idées gigantesques qui occupaient cet esprit en délire. Vainement j'esayai de parler le langage de la raison ; madame de Sertuis n'entendait, n'écoutait rien.

Pour surcroit d'embarras, elle

voulait suivre son mari, le chercher, je ne sais où; elle l'ignorait elle-même, et cela, en peignoir du matin, en pantouffles de soie, et les cheveux en désordre; je parvins cependant à lui faire envisager l'inutilité de cette démarche; mais bientôt son esprit, fécond à se victimer, conçut un projet moins excusable, et mes représentations échouèrent devant son imagination prévenue.

Elle courut au cabinet de son mari, et, quoique plusieurs tours de clef lui en défendissent l'entrée, ses petites mains, armées d'un marteau, d'un ciseau, frappèrent çà et là avec tant d'adresse ou de rage, que bientôt la porte, cédant à ses efforts, la laissa maîtresse d'exercer ses recherches.

J'étais accourue pour m'opposer à cette violation; mais, bah! je priais encore que, déjà tous les tiroirs étaient ouverts et les lettres éparses; la pauvre madame de de Sertuis, pâle, défigurée, les yeux rouges et gonflés, n'avait qu'une pensée, qu'un seul but, celui de voir, de connaître : je crois même qu'elle eut éprouvé un douloureux plaisir à recueillir de fâcheuses certitudes; son âme, abandonnée au plus affreux désespoir, avait comme besoin de se rassasier d'angoisses et d'amertumes.

Néanmoins elle fut obligée de

renoncer à cette triste jouissance, car, après avoir tourné et retourné, lu et relu jusqu'au plus petit chiffon, sa jalousie resta sans aliment.

Cette circonstance devait ramener le calme dans son cœur; mais non; mortifiée d'avoir, sans aucun résultat, commis un acte repoussé par la délicatesse, elle sortit de ce lieu, tout aussi exaspérée.

L'heure du dîner approchait, et M. de Sertuis n'arrivait pas; je tremblais : son épouse déguisait mal sa violente impatience et sa soupçonneuse inquiétude; tantôt aux fenêtres, tantôt prêtant l'oreille au moindre bruit, elle rougissait et pâlissait tour-à-tour.

Enfin il arrive; on se met à table : la jeune femme ne dit pas un mot; son regard est farouche. Cependant son mari affecte une grande tranquillité il entame la conversation sur divers sujets : moi seule lui réponds.

Au dessert, lorsque les domestiques ont terminé le service, M. de Sertuis nous demande quels sont nos projets pour la soirée. Puis, s'adressant à sa femme, il ajoute :

— Vous avez, je crois, refusé l'invitation de la marquise de Rivers afin d'entendre dans Hamlet votre acteur favori. Comme les décisions des jolies femmes sont parfois sujettes à de petites variations, veuillez fixer mon incertitude; je suis à vos ordres.

— Mille graces, Monsieur, reprend avec aigreur madame de Sertuis, vos momens sont trop précieux pour en abuser, et, de quelque côté que se portent nos pas, vous n'aurez point le désagrément de sacrifier à l'ennui des heures qui peuvent être beaucoup mieux employées. D'ailleurs, votre matinée était si impérieusement réclamée, qu'en y réfléchissant un peu, il est à supposer que vous vous rappelerez une nouvelle obligation pour le reste de la journée.

De mots en mots on s'échauffe, on s'injurie; la table et tout ce qu'elle supporte vole avec fracas au milieu de l'appartement, et c'est une femme, jeune, aimable, spirituelle, qui se livre à cette indécente colère. Son époux s'écrie qu'il est impossible de rester dans un pareil enfer, et qu'il désertera de chez lui toutes les fois que de semblables scènes se renouvelleront. En achevant ces mots, il nous quitte une seconde fois.

Je m'arrête, chère Hedwige, ce qui me reste à vous apprendre donnerait par trop d'étendue à cette lettre, et si je me plais à user de votre indulgence, je ne veux pas au moins en abuser.

Dans ce premier exposé, vous n'avez aperçu que des travers d'imagination; bientôt vous verrez jusqu'à quel point un faux orgueil, un défaut de jugement peuvent nous abuser et nous rendre dissemblables de nous-mêmes. Madame de Sertuis était vertueuse; cependant je n'oserais pas affirmer qu'elle le soit encore. Du moins a-t-elle acquis une fâcheuse célébrité, et sa vie n'est plus parée de l'estime publique..... Cette idée me rend profondément pensive; elle me dispose à condamner le mauvais système d'éducation que l'on adopte avec une coupable légèreté. On se persuade avoir tout fait, lorsqu'on a orné l'esprit et la mémoire des enfans; mais développer leurs qualités, former leur cœur, asseoir leur jeune raison sur des bases solides : voilà ce qu'on néglige, ce qu'on oublie. Tout en exigeant des femmes une plus grande force de principes, on ne les met nullement en état de lutter contre les circonstances, leurs goûts, leurs défauts et ceux des autres; on veut qu'elles aient le courage d'être vertueuses, et on ne leur facilite pas le moyen de parvenir à cet état de perfection : aucune route ne leur est tracée. Heureuse, mille fois heureuse, celle à qui ses dispositions naturelles, et plus encore la chaîne des événemens, permettent de traverser sans écueil l'océan agité où leur frêle esquif a été lancé, sous la sauvegarde de l'aveugle hasard !.

XVIIe LETTRE

Paris ; ce

UN INTÉRIEUR DE MÉNAGE.

Je suis enfin libre de causer avec ma seule amie ; les courses, les visites, et d'autres fâcheux incidens ont assez retardé cette délicieuse occupation qui charme les heures de l'absence.

Vous êtes avide, m'écrivez-vous, de savoir tout ce qui intéresse la destinée de madame de Sertuis, je satisferai ce vœu. Plusieurs sans doute me condamneraient de divulguer des secrets particuliers, et m'opposeraient cette belle maxime d'un de mes compatriotes, *que la vie intérieure doit être murée* : je reconnais la justesse de cette observation, je fais plus, je la respecte; car il est de la délicatesse de ménager, entre celui qui faiblit et le public qui le juge, une ombre protectrice qui dérobe la connaissance de ses fautes. Un mot me disculpe; le nom que j'ai donné n'est point le véritable, et un espace de trois cents lieues ne permet pas que vous deviniez jamais ceux que j'ai voulu désigner.

Je me suis arrêtée, Hedwige, lorsque M. de Sertuis nous laissa. Je m'attendais à une répétition du matin : je me trompais; les passions ont leurs limites. Celles de ma compagne étaient montées si haut, qu'il fallait nécessairement qu'elles diminuassent d'intensité. En effet, elle restait plongée dans un morne silence, tandis que de grosses larmes glissaient sous ses longues paupières; elle semblait méditer un moyen de vengeance.

Vous le dirai-je, mon amie, mon cœur se serra; je plaignis cette jeune femme de qui la jalousie empoisonne les plus belles années; je contemplais avec émotion ses traits charmans, devenus méconnaissables, et, sans pouvoir m'en rendre compte, je pressentis une série de malheurs.

Au même instant, le domestique annonça le comte de Saint-Jules, je m'attendais à le voir refuser ; mais remarquez Hedwige, ce que peuvent les passions et comme le caprice décide nos démarches ! On donne l'ordre d'introduire le Comte au salon puis d'un air satisfait et avec un empressement qui tenait de l'alliénation, on se pare d'un négligé dont l'élégance le dispute à la richesse, les cheveux distribués avec un abandon qui laisse oublier que l'art à seul ondulé, leurs boucles légères viennent embellir un visage formé par les grâces et l'on est jolie à ravir.

Je ne concevais pas quel motif faisait agir madame de Sertuis, je rêvais même au singulier de cette métamorphose, lors que la femme de chambre s'étant retirée, elle me dit avec une expression que je n'oublirai de ma vie. — Puisque monsieur de Sertuis se fait un jeu de mon désespoir, puisque je suis sacrifiée à quelque vile intrigue, puisque ma tendresse et mes larmes sont dédaignées, je me vengerai de ses mépris, si mon âme repousse l'idée d'un crime, du moins, je tourmenterai autant son amour-propre qu'il a désolé mon faible cœur.

« De tous les hommes qui com-
« posent notre cercle, le comte
« de Saint-Jules est celui dont il
« condamne le plus la légèreté

« et les mœurs, ses visites lui dé-
« plaisent, cela suffit pour me
« déterminer, il sera reçu, ac-
« cueilli, et mon époux verra que
« ses froideurs peuvent dégager
« une femme de ses devoirs ; c'en
« est fait en humiliant ma fierté,
« il a déchiré le voile qui servait
« d'horizon à mes principes. Je
« puis me perdre, je le sais ; mais
« il sera malheureux, cette pensée
« me décide et me console. »

Jugez, mon amie, de l'impression que dû me faire ce discours, j'étais comme anéantie, je hasardai quelques conseils, ils furent à peine écoutés et madame de Sertuis, lasse de ma morale, m'endevoir de lui accorder; ordonnez que l'on fasse les recherches.

— Il me semblait, Madame, que ma réponse devait me garantir de nouvelles importunités, sur ma parole, si on venait ainsi abuser de notre patience, il faudrait déserter de sa place.

— Peut-être, Monsieur, feriez-vous aussi bien, car celui qui, honoré de la confiance du gouvernement, en fait un pareil abus, devrait être chassé d'un emploi qu'il n'a pas la volonté, ou la capacité de remplir.

— Madame, vous oubliez, sans doute, à qui vous parlez ; ne me forcez pas à donner des ordres qui vous prouveraient qu'on n'insulte pas impunément un fonctionnaire public.

— Épargnez vous, Monsieur, ce soin; de petites autorités ne m'en imposent pas, je sais ce que l'on doit accorder d'égards à des fonctionnaires; mais je connais aussi les droits d'un public qui les paye; oui, Monsieur, ces hommes si orgueilleux d'une place que la moindre secousse ministérielle peut leur enlever, ne sont, à proprement, parler que les agens salariés de la nation entière, plus persuadés de cette vérité ils devraient respecter une généralité qui les empêche de mourir de faim, consentement, me força de l'imiter; je la voyais si bien montée, qu'elle eut peut-être poussé la folie jusqu'à sortir sans moi.

Pendant le spectacle je fus mal à mon aise; tant de pensées chagrinantes absorbaient mon esprit en voyant ma compagne savourer avec imprudence les perfides éloges dont l'accablait le Comte, et sa vanité satisfaite lui jetter sur les yeux le bandeau de l'erreur, je démêlais aussi les pensées de celui qui calculait sa perte et je m'appésantissais, malgré moi, sur les nombreux chagrins que, d'une part, la jalousie stimulée par l'orgueil, et de l'autre, le défaut d'indulgence allaient faire fondre sur deux époux qui eussent pu être si heureux.

Triste et pensive, je m'abandonnais à mes réflexions, lorsqu'en promenant mes regards sur une partie de la salle, je distinguai M. de Sertuis qui, plongé dans une profonde rêverie paraissait, autant que moi, rester étranger à ce qui l'environnait; la foule qui commençait déjà à sortir le retira de son abattement, il fixa notre loge, et je crus remarquer en lui une sorte d'émotion; dans cet instant son épouse ainsi que le Comte m'engagèrent à éviter l'affluence qui devenait plus considérable; pendant le trajet je fis part à cette dame de l'apparition de son mari, elle me répondit, avec une joie qui tenait du dépit : je suis charmée qu'il nous ait vues, je lui ménage d'autres désapointemens.

Une fois montée en voiture un mouvement machinal me fit baisser la glace et avancer la tête, je reconnus de nouveaux M. de Sertuis, l'expression de son mécontentement ne me parut pas douteuse, j'étais désolée de me trouver mêlée dans une pareille affaire, quand pour achever ou plutôt pour doubler mon anxiété, le Comte proposa d'aller chez *Tortoni*, je me récriai, madame de Sertuis ne voulut rien entendre et se rengeant du côté de son partener, je fus obligée de souscrire à ce nouveau caprice.

Une heure s'écoula, j'étais sur les épines, plus je manifestais le désir de nous retirer, plus le Comte savait avec un art persécuteur éloigner cet instant.

Enfin, nous partons, mais l'insoutenable Comte, en nous ramenant, à soin d'arranger un projet d'excursion pour le lendemain, je refuse net, persuadée qu'il ne sera plus question de cette folie. Alors étant arrivés devant la porte de madame de Sertuis je lui fis mes adieux, et la prenant à part, je l'engageai à réfléchir un peu sur l'inconséquence de sa conduite, comme aussi à ramener son époux plutôt par la douceur que par des extrêmités dont le blâme pourrait un jour ne rejaillir que sur elle; un haussement d'épaule fut sa réponse.

Restée seule avec le Comte je crus devoir aborder franchement la question qui m'occupait, voici le résumé de notre entretien : — Vous nous avez trouvées ce soir, monsieur le Comte, dans un moment ou quelques nuages avaient obscurcis l'horizon conjugal de monsieur et madame de Sertuis; l'humeur suite naturelle de ces petites contrariétés vous à fait confier un secret de ménage, mais je suis sûre que demain, lorsque la raison sera venue calmer le dépit de mon amie; elle sera confuse de vous avoir initié à de pareilles misères; peut-être serait-il bien de lui laisser le temps d'oublier cette folie, car nous supportons difficilement la vue de ceux qui embarrassent ou contrarient notre amour-propre.

— Il est impossible, madame reprit le Comte, de dire plus poliment à quelqu'un que ses visites doivent cesser; mais prenez-garde de trop flatter ma vanité en me laissant croire que je puis être dangereux.

— Vous vous méprenez monsieur le Comte, les principes de madame de Sertuis me rassureraient lorsque même son extrême attachement à son époux n'élèverait pas une barrière entre elle et le soupçon ; je puis par amitié chercher à lui éviter pendant quelque temps une rencontre avec une personne que dans un instant de colère elle a instruite de ses chagrins, je pensais d'ailleurs, monsieur le Comte, que votre délicatesse vous eut fait deviner, apprécier et seconder mes intentions.

— Mille fois trop bonne, madame, cependant vous me permettrez de juger par moi-même du degré de répugnance que j'aurai le malheur d'inspirer à madame de Sertuis, peut être moins scrupuleuse que son amie daignera-t-elle supporter ma vue.

— Fort bien, monsieur le Comte, no idées sont différentes et nous ne pouvons nous entendre.

— J'en dévine le motif, jeune aimable et jolie, vous avez pourtant, madame, une manière de voir, de juger qui se rattache un peu à des temps reculés ; absente pendant plusieurs années de notre belle France, tout en ayant conservé les grâces adorables qui semblent entourer le bereeau de mes compatriotes, votre raison s'est familiarisée avec les mœurs germaniques, dès-lors votre âme craintive se révolte contre des usages devenus naturels, par exemple monsieur de Sertuis, fatigué d'une tendresse qui loin de lui ménager des plaisirs dans son intérieur ne tend au contraire qu'à lui faire sentir le poids de l'hymen, devient maussade, froid et sévère, il a raison et il a tort, c'est assez singulier me direz-vous, je m'explique, il a raison; car la jalousie est une chose monstrueuse et les discussions, les scènes, dont elle est inséparable doivent faire évanouir les plus tendres illusions; aussi cherche-t-il bientôt loin de chez lui un bonheur que son épouse lui ravit, d'un autre côté il peut avoir tort en ce qu'une femme jeune et jolie ne se voit pas long temps dédaignée d'un époux sans éprouver le besoin de la vengeance, qu'arrive-t-il ? ses larmes sont recueillies, ses charmes appréciés et l'époux est puni : cependant par un effet singulier, c'est du désordre que n'ait l'ordre, le calme se rétablit dans le ménage naguère si bruyant et les deux époux ramenés enfin aux idées naturelles, voient sans trouble et sans monotonie s'écouler leur destinée. Grâce à la philosophie moderne, complettement dépouillée de puérils scrupules, le mariage n'est plus comme jadis une association despotique, un sombre et triste esclavage.

Le Comte avait à peine terminé sa sublime morale que la voiture s'arrêtant devant chez moi, me dispensa de lui répondre, j'en rendis grâce aux dieux, qu'eussé-je pu lui dire, profondement affligée en calculant l'influence malheureuse que cet homme à la fois si dépravé et si séduisant pouvait avoir sur la destinée de madame Sertuis, il m'eût été impossible d'exprimer une pensée.

Je résolus d'aller le lendemain chez elle pour lui faire part de ma conversation avec le Comte et l'engager à lui défendre sa porte, la vertu de cette dame ne me laissait pas le plus léger doute de réussir à cet égard; mais un billet que je reçus d'elle à mon lever diminua mes espérances ; elle se récriait sur les procédes de son époux à sa rentrée du spectacle, et semblait décidée à ne plus rien ménager. Je courus chez elle ; aucun raisonnement ne fut goûté, monsieur de Sertuis avait persévéré dans son infléxible dignité de mari. La jeune femme voyant que son manège de coquetterie n'avait pas produit un retour désiré, lancée maintenant sur une pente glissante, se persuadait que retrograder eut été faiblesse; de plus, l'époux tout en voulant conserver une entière liberté avait imprudemment signifié l'ordre positif de refuser les visites du Comte, dès-lors l'exaspération de sa compagne n'avait plus connu de bornes et sa jalousie, activée encore par une vanité souvent trop écoutée, la déterminait à braver une autorité qui lui paraissait aussi injuste qu'odieuse.

Je vous promets, Hedwige, que je ne savais plus quel parti prendre, lorsque l'arrivée du maitre du logis me rendit ma liberté.

Je me retirai, l'âme attristée, condamnant et plaignant tout à la fois deux individus que leurs passions allaient rendre aussi malheureux qu'il soit possible de l'être. Ce pressentiment n'était point une erreur, et j'ai eu depuis la fâcheuse certitude que madame de Sertuis, maîtrisée sans cesse par la jalousie et la fierté humiliée, ayant enfin acquis la conviction que son époux cherchait ailleurs des distractions à ses troubles domestiques, plus imprudente que coupable, tout en conservant, peut-être, des droits à l'estime, vient néanmoins de compromettre à jamais sa réputation. Un duel a eu lieu entre son mari et le comte de Saint-Jules; le premier est grièvement blessé, et la pauvre madame de Sertuis connaît enfin l'étendue de ses torts. Que je la plains!!! Si bien faite, hélas! pour être l'orgueil d'un époux! Pourquoi faut-il qu'une frénésie aveugle ait été le principe de tous ses malheurs, et que celui qui devait protéger et soutenir sa jeunesse et non pas l'asservir sous une autorité qui le plus souvent révolte au lieu de ramener, pourquoi fallait-il, dis-je, qu'il ne sût pas mieux analiser le cœur de sa femme, et qu'oubliant trop vite le rôle d'amant, il ne lui laissât plus voir qu'un maître orgueilleux.

XVIIIe LETTRE.

Paris, ce

LA MANIE DE LA SCIENCE.

L'Amour des hautes sciences est sans doute très-respectable ; mais, sur ma parole, Hedwige, il fait rêver et débiter bien des folies. Placés dans ce bas monde au milieu du doute et de l'erreur, nous voulons à toute force lire couramment dans l'inexplicable livre de la nature. Une idée nous flatte-t-elle, aussitôt elle est commentée ; familiarisant notre esprit à l'impossible qu'elle présente, nous venons initier nos contemporains au systême adopté par notre imagination : le nouveau est toujours merveilleux. Ainsi l'on a vu Descartes, relégué parmi ses tourbillons, céder la place au sublime Newton, de qui le Magnétisme planétaire captiva l'admiration; je tremble pour ce dernier, car je sais de bonne part qu'avant peu nous allons marcher sur d'autres probabilités. Grâce à un savant, notre globe, faible parcelle, échappée du soleil, et poussée dans le vague, n'est autre que du fer refroidi et arrondi, tout en restant creux, par un certain procédé chimique ou physique que je suis loin de comprendre. Au reste, il paraît que tous les globes lumineux qui planent sur nos têtes sont de nature pareille à la nôtre; ce qui ferait croire qu'à l'époque où arriva cette explosion générale, nous fûmes sans doute le *minime des débris jetés dans l'espace.*

Êtes-vous satisfaite, mon amie, de ce que mon amitié vous dévoile; vous savez les *comment et les pourquoi qui régissent l'univers* : vous savez que tout est fer, rien que fer. Je le vois, ceci vous étonne; vous conservez encore des doutes. Qu'ils s'évanouissent; bannissez les scrupules d'une vieille ignorance. La terre qui, tous les ans, nous donne d'abondantes moissons, n'est que fer; l'oxygène et l'hydrogène dont se compose le liquide n est que du fer, et prenez-garde que, pour vous punir de votre incrédulité, on ne vous condamne aussi à être fer. Si on allait jusques là, vous pourriez y puiser une petite consolation ; car cette matière comporte avec elle l'idée d'une solidité qui doit calmer bien des craintes et nous promettre une assez longue existence pour faire les délices des uns et le supplice des autres.

Cette tirade m'a un peu fatigué, nécessité est advenue de chausser un cothurne beaucoup trop scientifique pour moi, que les dieux ont fait naître parmi ces petits esprits dont l'existence se glisse sans bruit à la faveur d'une douce médiocrité. Ainsi, jetant au loin la trompette sublime, je vais, sans pompe et sans appareil, reprendre le ton de la douce causerie.

Néanmoins, comme mon discours d'ouverture m'a placé sur le chemin des savans, je vous parlerai de quelques-uns que j'ai le suprême avantage d'approcher.

Dernièrement, étant en cours de visites, je passai d'abord chez M.***, dans un hôtel d'assez belle apparence; le concierge m'indique l'appartement du premier, je sonne, et un domestique, me faisant passer dans deux pièces que je jugeai être une antichambre et une salle à manger, en dépit d'une multitude de statues à moitié brisées, de casques, d'armures, etc., m'introduisit enfin dans un salon encore plus encombré que les lieux que je venais de parcourir. Pas un siége entier ne s'apercevait dans ce *garde-meuble des arts* ; je pensai qu'il y avait méprise. Renouvellant donc ma question, je sus, à n'en pouvoir douter, que j'étais bien chez M.***.

Un instant après, il arriva et me prenant la main, me conduisit dans son cabinet où se trouvaient deux fauteuils qu'il me dit avoir appartenus l'un à Childeric l'autre à Pépin-le-Bref, plus une table venant de Pétrarque, un sablier de Pascal, une lampe cassée qui éclaira les veilles de Pythagore, enfin une espèce de bibliothèque où se trouvaient enfouis les plus hideux bouquins que j'aie jamais apperçus. Sur le plancher poudreux gissaient en désordre des débris d'architecture de tous les âges ; dans un coin, un Apollon sans nez, sans bras et sans talons formait le vis-à vis d'une laide momie, rapportée d'Égypte par un savant voyageur dont le nom m'est échappé.

Tandis que M*** me faisait admirer ces illustres vieilleries on vient prendre ses ordres pour la translation importante de plusieurs objets qui arrivaient à l'instant, je voulais me retirer ; mais il exigea que je jettasse un coup-d'œil sur ce surcroit d'antiquité, je vis donc une voiture entierement chargée de meubles, d'armes, de vases, de bustes et de mille autres symboles.

Mais hélas ! les brutes qui avaient escortés ces vénérables fragments avaient le croiriez vous brisé, une cuisse à Venus, poché un œil à une Diane, mutilé le front de Voltaire et bosselé la cuirasse de Duguesclin. Si vous aviez vu Hedwige, la noble fureur qui s'empara de M*** ; un malheureux père recevant dans ses bras le corps ensanglanté de son fils, n'éprouve pas des angoises plus déchirantes que celles qui accablaient cet amant idolâtre des arts !

Les grandes douleurs veulent de la solitude et du recueillement persuadée de cette vérité , je gagnai doucement la porte bénissant de bon cœur l'ignorante indifférence qui m'évite ces grands mouvemens de l'âme.

J'entrai chez madame D***, elle était sortie , j'allais me retirer lorsque son mari qui depuis le joli jour de l'an jusqu'au tardif saint Silvestre , est enfoncé dans les procédés chimiques et physiques accourut à moi d'un air empressé en s'écriant :

Ah ! madame , vous arrivez à temps pour être temoin de la plus belle expérience qu'il soit possible de faire ; elle m'a coûté un an de peines ; mais qu'est-ce que le temps lorsqu'on a le bonheur de découvrir les secrets de la nature.

Tout en parlant, il m'entrainait dans une pièce ornée avec profusion des accessoires que nécessitent les deux sciences auxquelles il se livre, ici des alambics, là des bocaux remplis d'un liquide blanc, bleu, rouge, jaune ou vert, plus loin sur des rayons d'accajou, un nombre infini de minéraux d'un côté des machines électriques, d'un autre des .... que sais-je, j'avais les yeux et la tête fatigué à force de regarder ou d'écouter les noms barbares de ces détails de la science.

Cependant l'homme aux découvertes me conduisit dans l'enceinte consacrée aux expériences, c'est-à-dire, près du fourneau *sacré* et l'opération commença ; mais remarquez, Hedwige, combien la fatalité poursuivait ma personne, M. D** tout glorieux d'un succès qu'il regardait comme certain, négligea, c'est probable quelques-uns des moyens voulus, le fourneau fit explosion, les tubes éclatèrent avec fracas et le résultat attendu depuis un an fut au diable. Me voyez-vous marcher au hasard sur la physique et la chimie afin d'éviter de funestes meurtrissures, abandonnant sans cérémonie le malheureux opérateur, de qui la figure présentait l'image d'un muet désespoir.

Je vous assure, mon amie, que j'étais guérie de toute curieuse envie, et que je jurai,

Mais un peu tard,
Qu'on ne m'y prendrait plus.

A peine échappée à cette confusion, je courus me jetter dans une autre, la science me pourchassait ce jour-là avec une impitoyable rage, je devais une visite à madame de B***, de qui les productions littéraires offrent toute la grâce qui pare le génie des femmes.

Nous en étions encore aux premiers complimens lorsque j'apperçus deux énormes crapaux jouant sur le tapis, je pensai d'abord que les yeux me faisaient illusion, un plus ample examen me prouva que j'avais bien vu.

Vous savez, Hedwige, l'effroi que m'inspirent ces animaux, madame de B*** le remarquant traita mes craintes d'enfantillage et voulut commencer une savante dissertation sur les qualités de cet horrible couple, je n'écoutai rien et lui fesant de promts adieux, je me sauvai au plus vîte.

La mauvaise étoile, sous l'influence de laquelle j'étais, me fit entrer chez monsieur H*** qui a eu long-temps en Italie la surveillance de nos musées; que n'étiez-vous avec moi, mon amie, vous eussiez eu du moins une idée exacte du désordre et de l'extravagance où peuvent nous conduire nos goûts, quand ils dégénèrent en passions puisque celui des beaux arts nous laisse arriver à ce degré de folie qui fait que toutes les convenances de sociétés sont négligées, et que même le soin de notre personne nous devient indifférent.

Figurez-vous un amas confus de tableaux, grands, petits, vieux, laids ou beaux, encadrés ou non, des pinceaux, des chevalets, une odeur de thérébentine, et M. H***. au milieu de tout cela, en pentalon déchiré, en chemise bien sale, les mains couleur de buis, les cheveux mal peignés ; à ses côtés, un jeune enfant aussi barbouillé que lui, se roulant tout nud dans la poussière en vertu des principes de son père, sur une éducation *spartiate* et *naturelle.*

Je restai très-peu de temps, encore me fallut-il entendre la nomenclature des peintres auxquels M. H*** attribue les tableaux dont il est possesseur, Raphaël, Michel-Ange, Le Corrège, les Carraches, les Tenières, Boubonleu, et cent autres de l'école italienne, espagnole, flamande ou française, aucun ne fut oublié ; sa prévention est si forte, qu'en dépit de ses connaissances en peintures, les plus détestables croutes deviennent à ses yeux des chefs-d'œuvres. Une généalogie s'établit et quelque grand artiste est adopté pour père, n'essayez pas de le dissuader, il irait jusqu'à l'emportement; il faut admirer, se taire et décliner sa visite ainsi que je le fis.

. . . .

Adieu, mon amie, j'aurais encore à vous entretenir de plusieurs têtes malades, mais la mienne demande du repos, d'ailleurs, quand je vous montrerais certains littérateurs de ma connaissance, au teint blême et sec, assis devant un bureau, feuilletant çà et là les auteurs anciens et modernes, et promenant des yeux hagards sur des manuscrits indéchiffrables; qu'en résulterait-il, passablement d'ennui; l'air qu'on respire dans ces antres du génie a je ne sais quoi de lourd, d'accablant, au lieu d'y dérober quelques-unes des parcelles d'esprit répandues en vapeurs légères autour de l'écrivain, vous semblez au contraire perdre le peu que vous en possédez; cette attraction ne me plaît nullement, pour conserver ce que j'ai et ne pas humer la tristesse et les rêveries creuses de la science, je fais le vœu bien formel d'éviter désormais de me trouver sur la route que parcourent les sublimes esprits.

Adieu, Hedwige, votre amitié est le seul bien que j'envie.

XIXe LETTRE.

Paris, ce

LES ILLUSTRATIONS.

Chère Hedwige, l'indifférence qu'on éprouve pour la religion, entraîne avec elle un dépérissement dans la morale; de là naît l'incertitude de principe qui laisse flotter le cœur humain au milieu des sophismes les plus pernicieux; c'est en vain que les apôtres du matérialisme cherchent à nous étourdir par d'obséquieux raisonnemens; ils ont beau se retrancher dans des suppositions vagues, et attribuer

« au mouvement général des es-
» prits, aux modifications progres-
» sives que le temps apporte né-
» cessairement dans le moral ainsi
» que dans le matériel des sociétés » ;
le sombre éclypse de nos vertus,
et nous dire que les savans écrivains
qui ont le plus sappés nos croyances
n'ont pas déterminé l'affranchisse-
ment des mœurs ; « que ces causes
» apparentes, extérieures, ne sont
» que le résultat du développement
» graduel et insensible auquel cha-
» que homme contribue pour la part
» qui lui a été assignée par la nature ».

Ce pompeux étalage de mots ne détruit pas mes préventions ; je crois qu'il faut des liens religieux et moraux pour retenir notre esprit toujours porté au mal, qui dit, l'homme en général ne le prend pas dans la plus faible portion, celle éclairée, mais plutôt parmi ces êtres à moitié brûtes, qui seulement régis par leurs goûts, leurs désirs ou leur intérêt, ont besoin de trouver dans la crainte d'un avenir de peine, ou dans la persuasion d'une douce béatitude, un appui protecteur contre leur propre faiblesse; d'ailleurs, dans les momens de douleur, la religion entoure notre âme d'espérance et de joie, nous oublions des maux présens pour reporter nos pensées vers un temps de calme et de repos. Vivant plus d'espoir que de certitude, nous apercevons au milieu de nos larmes le sourire de la miséricorde divine, et c'est assez pour nous sauver du désespoir; je reste donc convaincue, Hedwige, que la religion soutient la morale, et que sans elle, cette dernière est faible et languissante.

. . . .

Pourquoi de nos jours les crimes se succèdent-ils avec une effrayante rapidité? pourquoi toutes les affections sont-elles méconnues? pourquoi enfin l'ordre social est-il presque détruit? C'est que persuadé que les fautes sont personnelles, on a un frein de moins, et les passions sont libres de franchir l'espace que la raison et les lois leur ont assigné. Chaque individu, pour ainsi dire, isolé de sa propre famille, ne connait plus ce noble orgueil héréditaire qui faisait que jadis au moment de commettre un acte désavoué par l'honneur, l'homme rejettant sa pensée en arrière ou la plongeant dans l'avenir, trouvait partout des liens moraux qui enchaînaient sa volonté. Maintenant que dégagés de toute crainte, le charme des souvenirs n'électrise plus nos cœurs, notre existence appartient toute au présent. Faut-il s'étonner si la démoralisation est presque générale, et si le désir d'un bien momentané est le seul objet que l'on consulte?

Croiriez-vous, mon amie, que j'ai entendu placer un comédien en réputation, sur une ligne parallèle à celle où reposaient des maréchaux de France ou des hommes d'État! Oui, on se demandait si l'illustration des talens n'était pas préférable à celle acquise avec l'épée ou dans des veilles qui avaient maintenu la gloire et le repos de toute une nation.

J'accorde, sans doute, aux arts, au commerce, une estime particulière; je trouve qu'il est de la justice comme de la politique d'encourager leurs efforts, leurs progrès; mais si, grâce à l'activité de quelques hommes, le résultat de nos manufactures est recherché des peuples voisins, si le génie inventif de plusieurs multiplie à l'infini ces savantes mécaniques qui donnent comme de nouveaux bras à la

France la fortune qui toujours seconde leurs soins, est selon moi un assez grand dédommagement Sans y ajouter des titres, des illustrations que je voudrais voir réservées à la profession des armes; celle-là se soutient par le seul enthousiasme de l'honneur, et laisse arriver à la vieillesse sans autre patrimoine que des blessures ou le souvenir de quelque gloire.

Je ne serai pas aussi sévère vis-à-vis des arts ou des talens. Rarement celui qui parcourt les sommets du Permesse est le favori de Plutus; d'ailleurs le peintre, le sculpteur, de qui les compositions ingénieuses transmettent de siècle en siècle l'histoire des nations, méritent, sans contredit, la reconnaissance des peuples dont leurs savantes mains burinent les époques remarquables.

Assurément, le dôme de Sainte-Geneviève peut se ranger dans cette catégorie ; on ne sait lequel admirer davantage de l'harmonieuse grâce qui guida le pinceau de M. Gros, ou de l'expression historique qu'il a menagée dans chacun de ses groupes ; cela me rappèle un mot charmant attribué à l'un de nos artistes les plus distingués, et de qui la tombe renferme les dépouilles mortelles.

M. Gros lui disait : « Vous le »voyez, j'ai divisé l'Histoire de

» France en quatre chapitres. —
» Dites plutôt en quatre poëmes. »
Cette réponse renferme tous les éloges que mérite cette composition. Quatre groupes expriment ce qui constitue la monarchie jusqu'à nos jours. Je le dis, avec moi la France répète, celui de qui le génie s'est montré victorieux des temps, doit ennoblir le titre que son pinceau lui a fait accorder.

Mais, bonne Hedwige, je ne me départs point pour cela de mes idées; je veux que le génie de la sculpture, de la peinture, etc., soient honorés : je veux surtout que le littérateur distingué devienne l'objet des tendres soins du Monarque dont il présentera à la postérité le caractère, les vertus et la gloire. Néanmoins ma balance incline toujours vers ces hommes soldats dont le courage protège nos limites, et porte chez les peuples voisins nos étendards ondulés par la victoire; ces hommes qui, respirant au milieu des camps le souffle de l'honneur, chaque jour offrent à la patrie les débris sanglans de leur héroïsme, devraient obtenir d'elle aussi des récompenses égales à leur généreux dévouement. Cependant ils sont loin d'être favorisés; on est comme effrayé de la foule innombrable de héros que l'on aurait à récomser. Pour se soustraire à l'embarras du choix, on se montre ingrat envers tous.

Ceux qui, échappant aux horreurs de la guerre, ont vu l'airain homicide respecter leur noble valeur, effacés à cinquante ans des contrôles militaires, voient se flétrir dans la misère des jours qui pourraient encore leur présenter des lauriers à cueillir. Souvent, hélas! on leur dispute une décoration due, tandis qu'un médiocre et pusillanime employé accroche devant eux l'honorable emblême de la gloire, que son faible cœur sait à peine deviner.

Je n'en finirais pas, mon amie, si je voulais détailler toutes les chances désagréables réservées à *nos défenseurs;* les plus affreuses, selon moi, sont celles qui tendent à refroidir leur enthousiasme, telles que le mode de destitution si légèrement employé, les passe-droits si fréquens et si injustes, et, lors d'une action militaire, ces entraves infernales que l'intrigue place comme une barrière à leur succès. Plus d'un officier supérieur en a fait la triste et décourageante épreuve! Mais, que penseriez-vous, Hedwige, si je vous disais que la bravoure, le dévouement, l'oubli de soi-même, enfin tout ce qui est un titre à la reconnaissance ou à l'admiration, n'excite que le blâme; on veut de la souplesse, et non de la loyauté. Un zèle outré est quelque chose de si *vieux*, de si *maussade*, qu'on en a presque horreur; cette disposition est si générale, que même les plus illustres personnages qualifient de *mauvaise tête* les sujets dévoués qui ont exposé la leur à la défense du trône. Comme si on faisait sans *têtes chaudes* des martyrs du royalisme, et comme si l'illustration des grands noms nous venait des *têtes froides*.

Une chanson d'un auteur lyrique, gai et spirituel, vous prouvera que je ne m'écarte en rien de la vérité. Ne vous étonnez pas de voir mettre en vaudeville un si déplorable usage; ma patrie est joyeuse, même au milieu des larmes, et ses tristes soupirs modulent encore de charmans refrains.

L'ÉCOLE D'UN ROYALISTE,

CHANSON DIALOGUÉE

ENTRE

UN ILLUSTRE PERSONNAGE ET UN MINISTRE.

LE MINISTRE.

De la vérité l'auréole
Nous éclaire sur un sujet...
Royaliste, d'ancienne école,
Dont le zèle nous compromet;
Depuis dix ans on lui pardonne,
Mais il n'en sera plus ainsi;
Il faut prendre un parti sur lui...?

L'ILLUSTRE PERSONNAGE.

« C'est un fou, je vous l'abandonne. »

LE MINITRE.

Au champ d'honneur, dans sa folie,
Sans armes, sans munitions,
Il prit sur la troupe ennemie
Les fusils de ses bataillons :
Dans cette affaire, que l'on prône,
Plus d'un rebelle fut tué :
Faut-il qu'il soit destitué ?...

L'ILLUSTRE PERSONNAGE.

» C'est un fou, je vous l'abandonne. »

LE MINISTRE.

our le Roi, braver la mitraille,
C'est être assez récompensé.... ;
S'il fut blessé dans la bataille
Pourquoi s'est-il tant avancé ?...
Son sang, ennobli pour le trône,
N'avait pas besoin de couler :
E! de quoi vient-il se mêler !...

L'ILLUSTRE PERSONNAGE.

« C'est un fou, je vous l'abandonne. »

LE MINISTRE.

De sa plume et de son épée,
Il a voulu servir l'État;
Sa muse vole à l'épopée
Et son bras est ferme au combat :
Mais sa tête n'est pas très-bonne,
Voyez sa cicatrice au front :
Le placer serait un affront !...

L'ILLUSTRE PERSONNAGE.

« C'est un fou, je vous l'abandonne. »

LE MINISTRE.

A mort condamné sous l'Empire,
On lui fait grâce sous le Roi;
« C'est bien le moins, (ose-t-il dire !) »
Eh! que veut-il encor de moi?
Dans le péril il ne raisonne
Et toujours marche le premier?...
Nous devons le remercier !...

L'ILLUSTRE PERSONNAGE.

« C'est un fou, je vous l'abandonne. »

LE MINISTRE *(à part.)*

L'homme d'état qu'au rang suprême
Placent la vertu, le talent;
Fesant un retour sur lui-même
Se dit : « J'en ai fait presqu'autant !
» L'heure de ma retraite sonne,
» Au Roi peut-être en son conseil
» Répercute un écho pareil... :
» C'est un fou, je vous l'abandonne. »

XXe LETTRE.

Paris, ce

L'ÉGOISME ET L'USURE.

Je pars, chère Hedwige, je quitte enfin Paris. Heureuse, mille fois heureuse de pouvoir lui dire un long et éternel adieu.

Je fuis la Cour, véritable gouffre où viennent se précipiter et s'anéantir toutes les espérances, je renonce pour jamais à la stérile occupation de promener ma triste personne dans les ministères; je ne veux plus essuyer les caprices d'un heureux du moment, de qui la sotte arrogance révolte mon âme.

Oui, Messieurs, vous qui, de simple commis, ou de très-minces particuliers, êtes parvenus à force d'intrigues et même de déshonneur, aux premiers postes de l'administration, je vous laisserai fournir votre nouvelle et brillante carrière. Osez tout; l'exemple de vos devanciers vous promet l'impunité.

Mes demandes vont cesser; mais permettez du moins qu'un plaisir me reste. Jadis je possédais quelques biens; on m'a tout ravi. Méconnaissant ou rejettant mes titres, vous ne m'avez rien rendu; j'ai le droit de tout dire, et je l'exercerai autant qu'il sera en mon pouvoir.

La faiblesse opprimée trouve encore des charmes à soupirer l'hymne de ses douleurs.

Oui, Hedwige, oui, mon amie, j'abandonne avec joie ce séjour que l'ombre du bonheur embellit à tous les yeux. Ici, faibles mortels, nous courons sans cesse après de riantes chimères ; les jours, les années se déroulent avec rapidité, et souvent hélas! sans dissiper de folles erreurs.

La province, je le sais, m'offrira des travers à déplorer ; mais quelques vertus du moins adouciront l'examen que je ferai sur les bons campagnards ; je démêlerai les petites jalousies, qui activent leurs cœurs, je verrai la médisance exercer son empire, c'est le résultât de toutes les réunions possibles, l'espèce humaine, ne connaît de l'indulgence que le mot, et déchirer son prochain est *l'ultimatum* de la félicité.

Peut-être, mon amie, pensez-vous qu'à Paris on est plus charitable. — Non, le masque de la politesse n'est qu'un vain palliatif; à l'abri d'une séduisante enveloppe, on dirige au contraire des coups cent fois plus dangéreux et tel que vous supposez de vos intimes, travaille en secret à ruiner vos projets s'ils viennent contrarier les siens.

Avez-vous des besoins pécuniers les bourses se ferment, les visages se rembrunissent et l'amitié s'envôle.

Cependant pour repondre à l'impérieux appel que vous fait la nécessité, vous courez chez les brocanteurs d'argent, mieux vaudrait que vous descendissiez dans les gouffres du Tartare! celui qui est assez malheureux pour se mettre entre les griffes de ces destructeurs des fortunes, peut avec amertume reflechir long-temps sur leur mode spoliateur.

L'un pour mille francs comptant vous fait signer un effet de quinze cents, un autre ne vous offre que de pitoyables marchandises, dont la valeur n'excède pas trois ou quatre cents francs; vous vous révoltez à de pareilles propositions, vous combattez long-temps avant d'y souscrire ; mais les besoins redoublent et bon gré, mal gré, il vous faut vous ruiner de sang froid.

L'échéance arrive; nouveaux tourmens. Vous eussiez été en mesure pour acquitter la véritable somme empruntée; mais ce qu'on vous a, en outre, forcé de reconnaître n'est pas à votre disposition. Vous allez, le cœur agité d'une douloureuse inquiétude, porter à l'agioteur mécréant les fonds que vous possédez, le priant de vous accorder un délai pour le reste; le trafiqueur commence par prendre ce que vous lui présentez, puis après il multiplie si bien la nouvelle obligation, que vous êtes tout étonné de rester lui devoir une somme aussi forte que celle qui existait avant d'effectuer aucun paiement.

Bientôt, de billets en billets, vous allez, escorté d'un aimable garde du commerce, faire, sous de gros verroux, un noviciat de cinq mortelles années.

Il n'est pas étonnant, Hedwige, que des parens tremblent pour leurs fils lorsqu'ils sont forcés de les lancer dans cette infernale ville sans autre sauve-garde que leur jeunesse et leur confiance aveugle. Imaginez un peu les cruelles erreurs qui attendent ces jeunes écervelés, et combien leurs passions peuvent donner de latitude pour exploiter leur inexpérience.

Quel remède opposer à cette exécrable usure? Aucun, car à Paris, plus la misère est générale, plus on est obligé de se montrer sous une bonne apparence. Un homme serait-il à lui seul les sept sages de la Grèce, si son habit n'a pas une coupe élégante, si enfin l'on peut soupçonner que ses revenus ne sont pas en proportion avec ses talens ou sa probité, adieu l'estime; chacun lui tourne les talons. Ceux qu'il a le plus connu, se souviennent à peine de sa figure. D'après une telle gouverne, il faudrait avoir été crée quatre fois honnête homme pour résister au désir de se défaire de certains préjugés qui sèment l'existence de nombreux ennuis.

Voilà, Hedwige, ce qui multiplie à l'infini le manque de délicatesse et celui d'argent ; voilà en un mot ce qui ruine les trois quarts de la France pour enrichir ses vampires.

Si toutes les affections sont ainsi méconnues, si l'amitié dont le charme divin embellit, l'existence n'est qu'une amorce trompeuse, si l'on est réduit à n'aimer que soi-même, comment se décider à respirer parmi de tels humains, je préfère les fuir, n'ayant plus sous les yeux le tableau de leurs vices, mon cœur sera peut-être encore balancé par de douces illusions, car exceptez-vous, Hedwige, déester l'univers entier serait un supplice, et cette disposition à la haine m'est étrangère.

Je veux, mon amie, loin de la société rêver à des perfections qu'elle ne possède pas, condamnez ma folie, que voulez-vous, elle me sourit, me console ; si pour mériter le nom de sage, il faut avoir toujours l'esprit hérissé.

Je rends grâce aux dieux de n'être pas romain
Pour conservér encor quelque chose d'humain!.

L'instant de mon départ s'approche, je vais quitter Paris dans une saison où la joyeuse escorte des plaisirs en fait un lieu enchanté pour tous excepté pour moi. Je vais revoir enfin, une famille devenue presqu'étrangère, vu le grand laps de temps que j'en suis éloignée, j'ignore Hedwige, quelle sorte d'émotion captivera mon cœur à la vue de mes dieux pénates; ce que je puis assurer, c'est qu'en tous temps, en tous pays vous serez toujours aimée de votre.

XXIe LETTRE.

De R**, ce

ÉTIQUETTES PROVINCIALES.

Deux mois sans vous écrire, chère Hedwige, vous ont fait penser que j'étais rayée de la liste des vivans. Peut-être cette lettre ne fera-t-elle pas évanouir vos craintes, et vous persuaderez-vous que j'arrive des Champs-Élysées. Rassurez-vous; ce n'est point avec une de ses paisibles habitantes que vous aurez commerce, mais avec une convalescente qui, depuis son départ de Paris, a cru plusieurs fois nécessaire de faire son paquet pour l'autre monde; la partie est remise, et la voilà condamnée à figurer encore dans le nombre incommensurable des extravagans qui peuplent celui-ci.

Je vous dirai, mon amie, que j'ai pris, ainsi que je vous l'avais marqué, la route du Périgord, où je suis arrivée à ma grande joie. Je vous ferai grâce du pathétique qui a distingué mon entrée dans l'ancienne demeure de mes pères; je ne vaux pas une obole lorsqu'il s'agit de peindre le sentiment. Il vous suffira de savoir que j'ai été fêtée, louée, complimentée, ennuyée, excédée par tout ce qu'il y avait de vieux et de jeunes, de beaux et de laids, de passables et d'insupportables dans le pays. Ces bonnes gens se sont engoués de votre très-humble d'une manière effrayante. Tout calculé, j'ai reçu et même écouté leurs discours provinciaux avec une patience vraiment exemplaire; le tout dans un esprit de mortification, et comme une pénitence infligée par un zélé directeur.

Je vous dois la peinture de quelques têtes assez originales qui vivent près de nous.

Dans ce siècle d'une demi-égalité, où tous les parchemins du monde le cèdent à de petites autorités locales, ou à de grosses fortunes, il a bien fallu, en dépit de mes préjugés, commencer par les graves magistrats du lieu; le révérentissime maire a donc eu le premier l'honneur de ma visite.

A mon entrée chez ce notable, j'ai trouvé dans une salle basse rustiquement décorée un petit homme au teint rouge, au nez pointu, la tête recouverte d'une espèce de perruque dont les longues années de servitude ont, sans pitié, arraché les brins chevelus.

Une voix aigrelette qui, par son cadencement forcé, ne laissait arriver à une oreille que les mots de *attendu que, en conséquence de toutes ces choses*, m'avertit que la conversation s'établissait entre le respectable fonctionnaire et moi.

J'allais essayer de répondre à ce jargon municipal, lorsqu'une nuée de dames est venue m'interrompre. L'une, longue et carrée, m'a été présentée comme la digne moitié du magistrat, et trois filles ou femmes de différentes nuances et épaisseurs, comme l'heureuse couvée de ces notables époux.

Le calme ayant succédé à cette présentation, et chacun de nous, réfugié sur une chaise, n'ayant d'autre soin que celui de préserver ses oreilles des glapissantes clameurs d'un petit chien caniche, carlin, ou de toute autre race ; mes yeux ont découvert un grand garçon assez mal bâti, au teint africain, à l'air stupide et goguenard, qui, les jambes *disgracieusement* croisées, semblait, sur son siége, imiter le balancement régulier et monotone d'une antique pendule qui m'aidait à compter les tristes instans que je passais dans cette arène de ridicules.

Cependant l'aimable *tonton*, las de prodiguer ses poumons, est allé moitié enroué, moitié gromelant, se placer auprès de son maître. J'ai profité de cette chance heureuse pour articuler quelques mots; mais, grand dieu! au plus profond silence a tout-à-coup succédé une détonation générale. L'honorable chef criait ses interminables *conséquences*, tandis que ses compagnes m'accablaient de questions, et, avant qu'il me fût possible d'y répondre, me parlaient, culture, ménage. En peu d'instans, je sus le nombre de petits poulets venus à bien, la chèvre qui donnait le meilleur lait, etc., etc., etc.

Le jouvencel dont j'ai parlé plus haut, les yeux fixes, la bouche béante, essayait, par une oscillation convulsive, de prouver à l'aimable société qu'il souriait et que sa grâce approuvait leurs éloquentes criailleries.

La tête fendue, l'esprit égaré, je cherchais un prétexte pour abandonner cette nouvelle tour de Babel; quelqu'un étant survenu, je profitai du désordre qu'occasionnait cette visite pour m'esquiver : une mauvaise étoile me fit remarquer, et je fus obligée de sortir accompagnée de toutes les cérémonies campagnardes, c'est-à-dire, de passer la porte, pêle mêle, avec mes hôtes, dont chaque pas était suivi d'une révérence.

J'eus le loisir de remarquer qu'il existait peu d'accord dans leurs évolutions, car la marche des uns était souvent arrêtée par les genuflexions des autres : la politesse exigeant de ma part une similitude de procédés, lorsque je parvins à l'entrée de la rue, j'avais les jarrêts coupés. De ma vie, il ne m'était arrivé de faire une promenade si élastique.

Voilà, mon amie, une première esquisse; permettez-moi de la choisir pour terme de repos, car en retraçant à ma mémoire cette journée funeste, l'ennui que j'ai savouré se retrace si fortement à mon esprit, que j'ai besoin de rompre un peu sa triste influence. Ne croyez pas cependant que je veuille vous faire grâce des autres personnages; le prochain courrier vous offrira la possibilité de les juger.

XXIIe LETTRE.

De R**, ce

MACÉDOINE.

Exacte à vous faire partager mes ennuis comme mes plaisirs, je ressaisis la plume, et je vais, chère Hedwige, vous raconter la fin de mes courses.

Vous vous rappelez sans doute la manière dont je voyageai depuis le salon du maire jusqu'à la rue; elle me parut si pénible, que j'étais rassassiée de visites; mais on parvint à me prouver mathématiquement que, si je n'allais pas montrer ma figure décomposée par l'ennui, à tous les habitans du bourg, je me ferais une foule d'ennemis, et que l'on crierait au scandale. Bon gré, mal gré, il a fallu se rendre à des conseils aussi judicieux. Résignée à tout ce qu'il y avait de pire, je me laissai entraîner comme un enfant timide que le nom de *Croque-mitaine* fait aller sans mot dire, près d'un recteur sévère et brutal.

Le sort, ou plutôt l'étiquette, me força d'entrer chez le redoutable juge de paix; sa grandeur était encore à l'audience. Son épouse, vieille, laide, sèche et noire, nous fit les honneurs du logis. Des yeux larmoyans, une élocution nasillarde et incertaine me firent dresser les cheveux à la tête, car j'entrevis la dose de patience qu'il me faudrait avoir pour écouter cette effrayante sibylle.

Trois jeunes filles, de trente à quarante ans, travaillaient : l'une d'elles, ainsi que je pus le remarquer, véritable modèle d'économie, ramassait avec inquiétude les petits morceaux de fil dédaignés par ses sœurs, et, persévérante dans ses principes, assujétissait vingt fois par minute l'aiguille indomptable à ces mêmes débris.

Une grosse joufflue de servante filait dans un coin du foyer, mêlant de temps à autre son patois enragé à celui tout aussi peu gracieux de ses charmantes maîtresses.

Cependant le juge de paix n'arrivait pas ; forcée de l'attendre, je restais ensevelie dans un morne silence, les yeux fixés sur un énorme gigot auquel on avait accordé l'honneur d'être roti au salon. La fille économe dont j'ai fait mention avait pensé que, bêtes et gens profiteraient du même feu, ce fut là du moins l'excuse naïve qu'elle voulut bien nous donner : il est vrai qu'une fumée épaisse nous assassinait, mais je m'aperçus que cette vapeur était loin de gêner mes compagnes et la couleur de biscuit de leurs coëffes m'expliquant leur indifférence à cet égard, me permit de faire quelques réflexions sur notre susceptibilité à nous autres gens des villes.

Je fus interrompue par l'arrivée du maître du logis, son audience finissait à l'instant, aussi se montra-t-il à moi avec toute la splendeur magistrale, c'est-à-dire, émitoflé dans une longue et vieille robe noire à rabat crasseux, la perruque sur l'oreille et la toge inclinée sur le front. Un sourire sardonique décore son premier salut, ensuite engloutissant dans un énorme fauteuil sa personne, ses honneurs et sa dignité, il décocha un déluge de fades plaisanteries assaisonnées de grossières malices sur chacun de ses voisins

Je ne tardai pas à prendre congé de cette aimable famille ; à ma sortie qui eut lieu avec le même cérémonial que chez M. le Maire, nous trouvâmes un ancien jeune homme qui, à l'imitation du célèbre Philinte, la tête inclinée en avant, exécutait une centaine de révérences pour effectuer sa conjonction avec nous ; il avait sous le bras un énorme paquet de paperasses et répondit au compliment que je lui adressai par un discours à bâton rompu sur un procès-verbal qui occupait sa cervelle, puis passant rapidement à un sujet plus chrétien, il m'assomma de sept à huit citations du texte sacré. Je croyais, bonne Hedwige, être obligée de recommencer un cours d'ancien et denouveau testament, lorsque la pluie venant à mon secours me débarrassa de ce scholastique orateur.

On dirigea mes pas chez M. Dubosque, dont la superbe et moderne habitation date à peine d'un quart de siècle. Tout en cheminant dans l'avenue, je fus initiée aux secrets de famille et je vais vous les transmettre.

M. Dubosque, fils d'un pauvre fermier de la duchesse de L***, quitta très-jeune le modeste hameau qui l'avait vu naître, son génie eut tout le loisir possible de s'exercer pendant nos troubles révolutionnaires. Fourbe et adroit agioteur, il sut par une savante soustraction des biens de la duchesse de L***, sa protectrice, opérer pour lui une multiplication si avantageuse que parvenu à ramasser une brillante fortune, il a maintenant dans le monde une certaine consistance.

Afin de suivre en partie les chances heureuses qui lui ont si bien réussi, il est associé à cette fameuse bande noire qui portant en tous lieux le marteau du néant, engloutit avec rage ces superbes édifices, orgueil de la France, et ne laisse reposer les yeux que sur de tristes débris.

Du reste, farouche républicain,

l'esprit de M. Dubosque se courbe avec peine sous le lys royal. Sans cesse retranché dans le stoïque galimatias des nouveaux Brutus, la liberté du peuple, l'égalité des rangs et du pouvoir sont sans cesse dans sa bouche.

Néanmoins personne plus que lui n'exige avec tant de hauteur de la part de ceux qu'il suppose lui être inférieurs, ces égards, cette déférence qui effarouchent la bénigne égalité. M. Dubosque tomberait en syncope au seul mot de noblesse; mais s'il a horreur de toutes les distinctions héréditaires, il préconise avec feu l'aristocratie numérique; faut-il dire le pourquoi, c'est que son coffre-fort le place à la tête de celle-là.

Pour madame Dubosque, machinalement soumise à l'autorité suprême de son impérieux époux, elle ressemble assez par sa tranquille quiétude à ces peuplades de députés qui depuis le jour de la séance royale jusqu'à celui de la clôture se fait une loi de ménager leur esprit et leurs poumons, afin d'établir une espèce de compensation qui les indemnise du mouvement régulier d'assis et de levés, exécuté par eux avec beaucoup d'adresse.

Une demoiselle et un fils complètent le maximum de la progéniture Dubosque ; l'un au collége est destiné à dissiper un jour des écus si loyalement acquis ; la jeune fille, vrai prodige de science et de niaise pédanterie sait, le croiriez-vous, conjuguer quelques verbes latins, dire assez couramment, *do you speak English?* ou la phrase si banale, *how do you do.*

Puis variant à l'infini ses talens après s'être laissée supplier pendant trois mortels quarts d'heures, avoir dit non, oui, je voudrais, je ne puis, elle ira d'un air nonchalent et capricieux presser les touches d'un forté et assommera son auditoire par la savante exécution d'une lourde sonate. Peut-être poussera-t-elle la complaisance jusqu'à chanter d'un ton faux un nocturne Italien que l'on pourra sans difficulté juger en langue hébraïque, mauresque, chinoise ou ostrogothe, etc.

Vous voilà, chère Hedwige, passablement instruite, aussi me permettrez-vous de m'arrêter très-peu chez leurs altesses Dubosque, une séance de cinq minutes entre une royaliste et un.... que dirai-je.... un.... Le reste en blanc, une pareille entrevue, dis-je, ne peut se prolonger long-temps.

Je sens d'ailleurs que votre patience doit être à bout et qu'une petite interruption devient nécessaire ; laissant donc en repos la province et ses délicieux habitans, je n'exprimerai plus qu'un vœu, celui d'être toujours présente au souvenir de mes amis les germains.

XXIIIe LETTRE.

Paris, ce

TABLEAU D'UNE FAMILLE.

Il me serait sans doute pardonnable, chère Hedwige, de me plaindre de votre silence. Hélas! je n'ai pas le courage d'être sévère, l'indulgence est pour moi un besoin; je vous aime trop pour ne pas fermer les yeux sur une paresse, sur un oubli momentané qui néanmoins m'affligent; si afin de prouver à nos intimes l'attachement que nous leur portons, il fallait avec aigreur éplucher leurs moindres actions et tyranniser leur âme, on romprait bientôt les nœuds de fleurs qui embellissent l'existence; mais l'amitié ne sait rien exiger, satisfaite du peu qu'on lui accorde, son commerce est doux et facile, c'est pourquoi elle survit à tous les autres sentimens.

Lorsque je terminai ma dernière lettre, j'avais encore à vous entretenir de la famille de Saint-André : je reprends mon récit où je l'ai quitté.

M. de Saint-André est un bon vieillard dont la figure respectable semble réfléchir les qualités du cœur; chez lui point de façons, point d'entourage, une aimable franchise bannit la froide étiquette; et il faut tout au plus un quart d'heure pour se croire depuis long-temps de ses amis.

Son accueil a répondu à l'impression qu'un premier coup-d'œil m'avait laissé prendre de lui; je suis désolée de placer sur le tableau quelques ombres assez fortes, mais enfin la vérité l'exige.

Remarquez, Hedwige, cette petite dame habillée avec une symétrie si pointilleuse, quelle réserve mystique accompagne ses manières, combien son air est froid, sa figure pincée, et comme sur ses lèvres le sourire paraît étranger; et dites-moi, si toute sa personne n'offre pas la preuve d'une gène continuelle.

Le protocole ordinaire, ou plutôt la litanie qu'elle récite, commence et finit toujours par ces mots:

J'ai l'honneur de..., ou quelque chose d'approchant.

Est-ce bien une femme ? Ne serait-ce point par hasard quelque pétrification inconnue à laquelle un artiste ingénieux aurait donné pour certaines occasions une espèce de mouvement mécanique qui tendrait à la faire marcher, parler, ainsi que l'homme automate que l'on a montré dans Paris ? Je suis tentée d'adopter cette idée, qu'en pensez-vous Hedwige, votre suffrage rassurera beaucoup ma conscience incertaine, car d'honneur j'ose à peine placer cet objet féminin parmi l'illustre chrétienneté; vous conviendrez qu'il est excusable, qu'il est même naturel d'avoir quelques scrupules et qu'on doit chercher à les éclaircir.

Passons au reste de la famille ; l'ainée des demoiselles de Saint-André est un petit échantillon humain dont il est difficile de déterminer la valeur, à supposer que dans ce monde chaque individu ait la sienne.

Si l'on peut ajouter foi aux cent bruits répandus par la renommée, mademoiselle de Saint-André, que l'essain volage des amours abandonne à grands pas, désolée d'une défection aussi mortifiante, a fini par livrer à la dévotion un cœur qui n'était recherché de personne.

Pourtant l'histoire rapporte qu'en tapinois elle jète par ci, par là un doux regard sur un jeune adolescent de qui elle serait presque la mère ; soins inutiles, trente et quelques années sont un préservatif contre les douces illusions de l'amour, et mademoiselle de Saint-André reste fille, lorgnant envain le jeune de P***, et continuant d'exercer la flexibilité de ses genoux dans de longues extases, afin de n'être pas réduite au supplice affreux de n'avoir rien à faire.

J'oubliais de vous dire que cette demoiselle est tourmentée d'une nécessité de paroles qui lui laisse rarement garder le silence, grace à cette disposition organique; elle fait les honneurs de la conversation avec une *écrasante* volubilité, ayant grand soin d'accompagner ses longs discours d'une forte dose de grimaces.

Sa sœur est pourvue d'une laideur si prononcée, qu'il est impossible, malgré la plus grande indulgence, de se faire la moindre illusion en sa faveur; il n'y a pas encore quelques mois que la voix publique s'accordait à vanter sa douceur, sa bonté, mais une dot de cent mille francs ayant décidé un jeune homme d'une des premières maisons du département à l'épouser, sa petite vanité n'a pu résister à l'avantage de posséder un titre, et ses facultés intellectuelles en ont été complètement bouleversées; dès-lors, de grands airs froids et silencieux qui rendent sa figure encore plus hideuse. Pauvre mari, tu croyais n'acheter qu'une laide; tu as en outre une précieuse!!

Je n'ai plus, Hedwige, personne à vous désigner, ici comme partout ailleurs, on trouve une foule d'originaux dont les imperfections ne présentent pâs même un côté plaisant ou remarquable, l'ennui seul accompagne l'examen qu'on fait sur leur mille et un ridicules chercher à étudier les nuanaces qui les différensient serait torturer son esprit; j'abandonne cette tâche pénible, car ma philosophie est celle de toutes les femmes, qui dit-on, n'ont horreur que du sérieux; moi j'ajoute du maussade; ainsi quelles, je le hais, d'après cela, mon amie, désormais les rustiques humains qui m'entourent pourront végéter en paix. Adieu, Hedwige, je vous aime en dépit de votre négligence et de l'humeur qu'elle me donne.

XXIVe LETTRE

Paris, ce

LA NOBLESSE DÉPOUILLÉE.

Pourquoi, Hedwige, la vue des lieux où je suis née ne produirait-elle pas sur mon âme ce doux entraînement qui, presque toujours, accompagne les souvenirs du premier âge ? Je ne sais, mais je porte un œil indifférent sur le berceau de mon enfance. Etrangére, pour ainsi dire, dans ma patrie, aucun enthousiasme ne fait battre mon cœur; cependant j'aime cette belle France. Qui peut donc neutraliser ainsi mes sentimens ? Faut-il l'avouer? mon amie, c'est plutôt l'amour de la propriété qui détermine celui que l'on accorde à son pays, depuis le grand seigneur jusqu'au moindre cultivateur, l'intérêt particulier fait épouser l'intérêt général. Le château, ou la chaumière, possédés par une longue suite d'aïeux, en retraçant à la mémoire un historique de famille, semble verser sur l'imagination un vague d'amour et d'enthousiasme, et l'on tient davantage au sol où l'on distingue encore la trace de ses pères.

Mais pour celui qui, ainsi qu'une plante parasite, se retrouve enfin dans ses foyers, et voit la terre, jadis patrimoine des siens, envahie par des étrangers, combien hélas!

de tristes réflexions lui arrache cette certitude accablante? Sans pouvoir se rendre compte du motif qui le fait agir, il salue, en soupirant, l'antique manoir où reposèrent les cendres de ses aïeux, et, portant un œil humide de larmes sur les chênes antiques dont la cime s'élève jusqu'aux cieux, il contemple dans le silence du découragement. ces nombreux détails à chacun desquels se rattache un souvenir, une pensée du cœur. Bientôt il se révolte contre l'arbitraire qui l'a dépouillé, et la haine, glissant à travers ses sombres pensées, vient déchirer son âme et étouffer le patriotisme.

D'ailleurs, rien ne stimule en lui l'amour national. Privé de ses biens, il n'est point appelé à remplir les fonctions honorables qui établissent un homme l'organe de sa province. Repoussé de la chambre élective, il reste neutre aux intérêts qui se discutent, et pèse avec amertume l'humiliante misère qui imprime son existence politique d'un cachet réprobateur.

On dit qu'autrefois la noblesse, altière dans ses prétentions, tenait avec orgueil les autres classes courbées sous le joug de son autorité; je veux croire, mon amie, que la vérité se mêle à ces récriminations, plus qu'un autre peut-être je connais et je juge ceux de qui ma naissance me rend l'égale; mais depuis qu'on a détruit nos fortunes, nos priviléges et nos droits, épouvantails si redoutés du stupide vulgaire, la France est-elle plus heureuse? le peuple est-il moins froissé par l'arbitraire? Non. En province, il lui faut supporter les ridicules prétentions de petites autorités chez qui l'amour du pouvoir est, d'autant plus insoutenable, qu'à la plus complète ignorance se joint la persuasion intime que de justes plaintes resteront sans effet devant leur importance, de cinq ou sixième ordre, dans la hiérarchie administrative.

Arrive ensuite l'innombrable phalange des fortunes du jour. Quelle morgue! quel révoltant égoïsme! Comptez, si vous pouvez, un seul acte de bienfaisance, et je me démets de mon opinion. Interrogez le fermier, le vigneron, et vous saurez s'ils obtiennent la moindre grâce. Non, mon amie, sous les yeux d'un opulent propriétaire, à dix pas de son château, la misère, le besoin et les maladies moissonnent une foule de paysans. En vain, la modeste chaumière voit la mort étendre sur elle sa faulx dévastatrice; aucun secours n'est offert aux tristes victimes qu'elle renferme.

Cependant cette noblesse qu'on a tant décriée répandait jadis ses bienfaits sur d'ingrats vassaux. Qu'un peu d'ostentation motiva sa conduite, c'est ce que je ne chercherai pas à approfondir; l'humanité était satisfaite, le peuple en profitait, et c'est tout ce qu'il faut.

Qui nous ramenera, Hedwige, a de plus doux sentimens? Qui recueillera nos soupirs? Qui fera sécher nos larmes? Je le devine; la pensée Royale s'est arrêtée sur une classe proscrite : la foule des serviteurs dévoués attend avec confiance l'œuvre sublime de son auguste maître; l'espoir leur sourit. Puisse, hélas! le funeste météore qui assombrit momentanément les destinées de la France, ne pas absorber le rayon de bonté qui plane sur leurs têtes.

XXVe LETTRE.

Paris, ce

UN BAL DE PRÉFECTURE.

L'AGRÉABLE passe-temps qu'une soirée de préfecture! Dans de grands appartemens bien démeublés, de la contrainte, une froideur mystique, beaucoup de gaucherie, de petits orgueils *hostilement* disposés, et par-dessus tout cela de la médisance mêlée à tant soit peu de calomnie; voilà les séduisants accessoires de ces réunions soporifiques.

Lorsque le mot de bal retentit à mon oreille, je pensai d'abord que les plaisirs, fatigués des grâces adorables, mais tyranniques que l'on affiche dans les salons de la ville par *excellence*, quelques-uns venaient se réfugier au sein de la province; mais on m'a dit, et je le crois, que cette émigrante escorte est formée des plus maussades d'entre eux, et que, pour les punir de leur rudesse, ils sont condamnés à secouer leurs burlesques grelots loin du théâtre d'enchantement, leur patrie ordinaire.

Fixer ses idées d'après de vagues théories entraîne souvent à des erreurs. Pour ne pas avoir ce reproche à m'adresser, j'ai voulu juger par moi-même; le ciel m'a bien punie de ma curieuse envie!

La bigarrure de ces cercles hebdomadaires présente une variété qui n'a rien d'amusant; les titres y sont placés à côté de la plus lourde bourgeoisie, et l'homme dépouillé par les convultions de nos années sanglantes a près de lui l'opulent détenteur de ses domaines. Nécessairement, cette masse hétérogène se déteste ou se méprise, et, quoiqu'enfermés dans une même enceinte, les divers membres qui la composent, obéissant à une secrète impulsion, tendent toujours à s'éloigner pour opérer une ligne de démarcation, semblables à deux fleuves qui, se mêlant à regret dans un même lit, laissent long-temps apercevoir sur la surface des flots les nuances qui les différencient.

Voulez-vous connaître les distractions auxquelles on se livre? d'abord, chaque nouvel arrivant est épluché sans nulle pitié; on passe la revue de sa personne et de sa toilette; on cite avec malice de petites anecdotes scandaleuses où il a figuré : toutes les turpitudes de sa vie sont à l'instant mises au jour. Rien de mieux; cette formule préliminaire est en usage partout; mais ce qu'on ne trouve que loin de Paris, c'est la réserve glaciale dont s'arment quelques femmes de mince *lignage*, et la pesante galanterie des petits-maîtres de l'endroit. Fort heureux encore si les chevaux, ou les meutes de ces messieurs ne captivent pas leur esprit au point d'oublier la dame qu'ils ont invitée, pour discourir sur la race de telle ou telle jument et sur l'adresse étonnante d'un braque ou d'un basset. Nous préserve surtout qu'ils se mettent à raconter combien de fois leur noble courage a porté la terreur parmi les timides animaux qui peuplent la terre et les airs, car je vous certifie, Hedwige, que les dames resteront tranquillement assises, et qu'en vain l'orchestre fera entendre la jolie contredanse.

Dès que le son criard et lamentable de quelques instrumens avertit chaque groupe de se former, chez les femmes les combats de l'amour-propre commencent en vertu de ce qu'il se trouve toujours quatre fois plus de danseuses que de cavaliers, aussi chaque jeune fille se donne-t-elle une peine infinie pour attirer un choix qui doit lui ménager un triomphe sur ses rivalles délaissées, examinez-les avec attention et vous les verrez rougissant et pâlissant tour-à-tour cacher avec peine l'excès de leur dépit ou l'espoir accueilli par leur vanité, si ce manège est infructueux, si une autre de qui la naissance, la beauté et les grâces captivænt l'admiration est préférée, un sourire dédaignenx et quelques chuchotteries les vengent de cet affront, les chères maman prennent fait et cause dans l'affaire et les caquets vont leur train, quelques-unes de ces vénérables dames se feront même un point d'honneur de mandier, pour ainsi dire un complaisant partener, afin que leurs demoiselles ne restent pas en *tapisseries*.

Vous occupez-vous des cadrilles rien de si curieux que leur ensemble, des officieux essayant de conter *fleurette* à de jeunes *filles* qui, quoique bien roides, bien sérieuses jettent néanmoins un regard furtif vers leurs sévères Mentors et semblent épier l'instant ou l'œil persécuteur ne se fixera pas sur elles pour déposer un peu leur visage d'étiquette, cette inquiétude, ces embarras, joints à une ignorance absolue des belles manières rendent leur danse si monotone qu'on croirait assister à une cérémonie funèbre et voir la tristesse et les larmes jouter dans un ballet, oui, Hedwige, au milieu de ces singuliers groupes, la joie se promène silencieuse comme l'astre des nuits.

Malheureusement mon imagination a besoin d'être flattée par un concert harmonieux pour se livrer à la gaité, la moindre étincelle de contrainte renversant à l'instant le fantastique appareil des illusions du plaisir, ramène mon esprit vers le sévère et me plonge souvent dans un ennui que rien ne dissipe; la majestueuse enceinte où je me trouvais produisit cette lethargie accablante, et je me retirai dans un coin de l'appartement afin de me soustraire aux maussades attentions des originaux qui m'entouraient; tout-à-coup je remarquai un petit officier traçant au crayon le portrait de plusieurs jeunes femmes ; cette singulière manie de croquis m'étonna, je ne pouvais lui supposer aucun autre motif que le simple caprice, lorsqu'un de ses camarades l'ayant rejoint leur conversation m'apprit que c'était avec l'intention louable de se former une gallerie de portraits qui mise en évidence put le faire passer pour l'amant favorisé de toutes les beautés du département.

L'aimable espiéglerie que celle qui tend à compromette une épouse ou une jeune fille, prête à marcher à l'autel de l'Hymen, ah! sans doute, Hedwige l'homme assez barbare pour déchirer de sans froid un être faible dont le moindre souffle flétrit les couleurs de la vie, devait être rejetté loin d'une société qui l'avilit, si nos lois sont insuffisantes puissent quelques duels correcteurs prouver à ce froid égoïste que s'écarter un seul instant du sentier de l'honneur, c'est vouloir se ménager dans l'âge mur de pénibles souvenirs.

Que vous dire de plus, mon amie, sur ces *Macédoines* bruyantes ou les jeux et les ris font une si laide grimace qu'il faut vouloir se punir de quelque gros péché pour se décider a y briller solennellement, aucun plaisir n'y est flatté pas même celui de la gourmandise, et vous en serez convaincue lorsque je vous aurai dit qu'à la création des bals de préfecture on fit les frais d'un ambigu qui plus tard fut remplacé par la modeste collation ; un changement eut encore lieu , et l'on se décida a dresser un buffet où s'étalaient les diverses commestibles , rien ne représentait mieux l'ordre établi dans une bibliothèque ; car par une prudence digne d'éloge on ne mettait à la hauteur ordinaire que ces gros massifs de pièces froides qui ne tentent personne tandis que les petits détails de la friandise figuraient sur des rayons élevés , tels enfin que de belles éditions qu'un propriétaire soigneux aurait voulu soustraire à des mains indiscrètes. Cependant toutes ces précautions ne parurent pas assez victorieuses, et bientôt le buffet disparut, pour céder sa place aux petits gâteaux et au punch. C'était assurément avoir fait un grand pas vers l'économie ; mais on désirait plus, et à présent les verres d'eau sucrée sont seuls en possession de circuler dans l'assemblée ; encore, la consigne donnée aux valets établit-elle que les plateaux ne doivent faire la ronde que de deux heures en deux heures. Dieu veuille ! mon amie, que ce rafraîchissement tienne bon. Je ne verrais plus pour dernière ressource que l'ouverture des fenêtres et la libre circulation de l'air.

XVIe LETTRE.

de R***, ce

LE PRINTEMPS.

Chère Hedwige, l'hiver a fait place au doux printemps, et la nature, long-temps endormie, s'éveille mollement émue; les vents légers agitent de timides aîles; la terre laisse échapper de son sein les riches trésors qu'elle a dérobés à la rigueur des frimats; les sources limpides baignent avec volupté les bords chéris qu'elles doivent fertiliser, et l'essaim volage des habitans de l'air célèbre par des chants mélodieux l'espérance et l'amour qui vont ménager et doubler leurs plaisirs.

Dans cet instant si doux, en harmonie avec la nature entière, je me plais à la contempler jusque dans les moindres détails. Je la vois se dépouiller graduellement des pesantes chaînes sous lesquelles l'hiver la retenait captive, et, semblable à la jeune épouse qu'un mortel adoré conduit aux pieds des saints autels, elle arrive sur les aîles dorées du printemps, étaler avec ses riches dons l'espoir de l'année, et, dans le sourire magique qui l'embellit à nos yeux, je puise comme une nouvelle existence.

Oh! mon amie, que le cœur est

heureux lorsqu'en proie à une délicieuse agitation, laissant en arrière toute pensée de fortune et de grandeur, nous puisons nos jouissances dans les seuls plaisirs des champs. Une fleur, un ruisseau, une jeune tige, captivent notre admiration; nous suivons avec complaisance des progrès, des changemens qui varient et se succèdent à l'infini : la chèvre bondissante, le bœuf lourd et paresseux, le troupeau timide, mais protégé par le chien actif et fidèle; tout fait image, et réveille en nous l'idée d'un Dieu créateur.

Portons-nous nos pas vers la sombre forêt, un saint recueillement s'empare de notre être. Et si nos yeux se promènent sur un riant parterre, une joie douce, une mélodie de l'âme colorent nos pensées d'une teinte enchanteresse.

Tristes habitans des villes, vous qui, placés sur un théâtre d'illusions, ne voyez le ciel que par de faibles échappées, êtes-vous vraiment heureux, lorsqu'enfermés dans vos boîtes dorées, du matin jusqu'au soir, vous contrariez vos penchans, votre volonté, et que, cérémonieusement réunis avec des êtres indifférens, vous passez plusieurs heures à vous ennuyer avec faste et dignité, lorsque tout, jusqu'à votre toilette, est une tyrannie, lorsqu'enfin, pauvres atômes, vous courez essuyer la poussière d'atômes encore plus petits que vous, si de votre lâche complaisance ne naissait leur grandeur éphémère.

Que je vous plains faibles adorateurs du faux brillant : l'ambition, l'avarice; et l'orgueil se disputent le privilège de vous victimer, et sous le joli masque dont vous vous couvrez, j'apperçois malgré vous les noirs soucis qui vous dévorent.

Dans ma retraite plus heureuse que vous tous, grands de la terre, si la mélancolie m'accable, je vais au milieu des jolis bocages respirer des idées moins sombres, les oiseaux, les bois, les champs, la verdure font évanouir une vague tristesse.

Quelquefois aussi, parcourant

des bords agrestes, j'aime à rêver loin des cités dont le bruit froisse désagréablement mes esprits, penchée sur le cîme des rochers n'ayant pour horison que le ciel et la mer, j'oublie le monde auquel j'appartiens et les sènes fatiguantes où j'ai figuré. Seule avec mon cœur, je m'élève jusqu'à l'être Tout-Puissant qui a créé une nature si majestueuse, cet océan immense, ces vaporeuses émanations dont la clarté incertaine de l'astre des nuits me laisse distinguer le balancement fantastique, cette légère brise qui caresse amoureusement la surface des eaux, captivent mon être, les événemens s'effaçent de ma mémoire, les tendres illusions et leurs douloureuses larmes n'agitent plus mon cœur, j'oublie tout jusqu'au souvenir de l'injustice, amour ambition, fortune et rang, vos prestiges mensongers se dissipent dans une douce et pieuse extase, un calme divin leur succède, et mon âme toute entière à son créateur n'accorde plus une pensée à cette terre d'exil et de deuil.

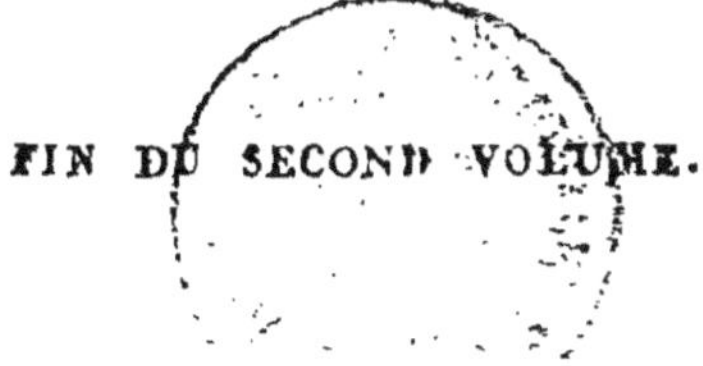

FIN DU SECOND VOLUME.

ERRATA : pag. 145, *lisez* route de Provence, au lieu de Périgord.

BIBLIOTHEQUE NATIONALE DE FRANCE
3 7531 01608146 6

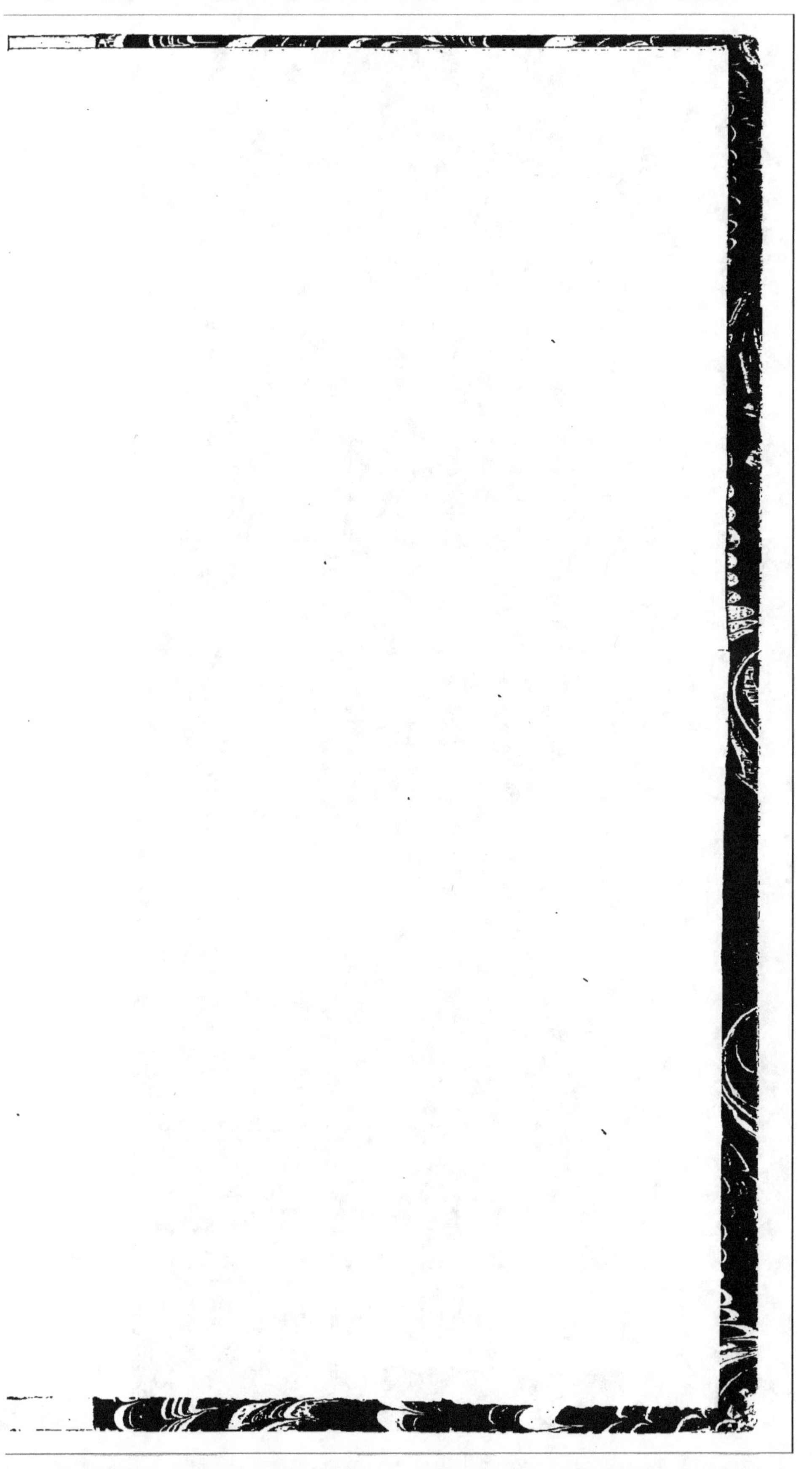

www.ingramcontent.com/pod-product-compliance
Lightning Source LLC
Chambersburg PA
CBHW070855030726
47504CB00005B/1349

9782019591953